余秀华

我们爱过又忘记

北京出版集团公司
北京十月文艺出版社

目 录

辑一

辑二

辑三

辑四

辑五

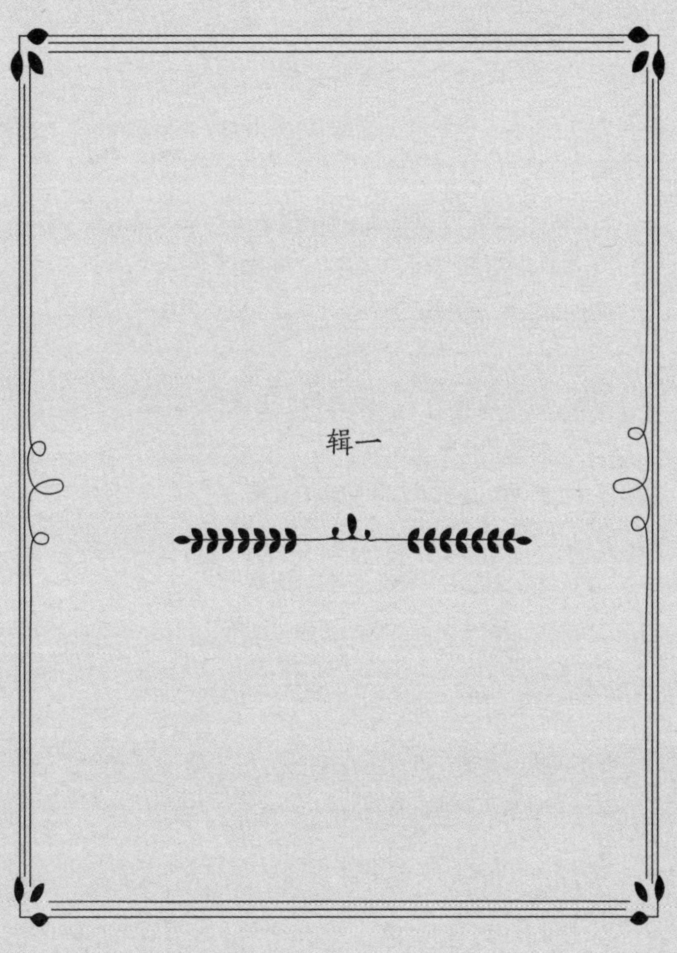

辑一

我的身体里有暮色升起

那么慢。从前一个朝代就开始的凌迟
“那些隐匿了脸部的人知道早就打开的虚空”
我十指对扣，风穿过手掌

甚至，我可以跳舞：当我从大地上重新捧起虚妄
然后，呼唤什么就是什么
庄稼，野草，昆虫，难以启齿的羞愧

“爱是我心灵的唯一残疾。”我对他说
这时候宇宙次序又一次混乱，我一边理
一边哭

我不再练习说话。不再跳进月光
不再总想把手上的疤痕掩盖
我知道，直到我死，都不是时候

那么疼。血肉模糊却是伪证

我不再练习说话。仿佛又一次改邪归正

仿佛又一次自投罗网

点种

父亲用锄头抠出一个窝，我丢下两颗花生
窝儿不深
我很想把自己丢进去
我想知道如今的我会不会被风一撩
也去发芽

一颗花生不经意碎在手心了
我被一句哭喊惊得乱了步伐
谁在红纱帐里枯坐了一个冬天
爱情敲了一下门
你一个惊喜，就粉身碎骨

它跳了一下，落在窝外了
红得如一句没有说完的诺言
天那么蓝
老天，你在种我的时候
是不是也漫不经心

爱

阳光好的院子里，麻雀扑腾细微而金黄的响声
枯萎的月季花叶子也是好的

时光有序。而生活总是把好的一面给人看
另外的一面，是要爱的

我会遇见最好的山水，最好的人
他们所在的地方都是我的祖国
是我能够听见星座之间对话的庙堂

而我在这里，在这样的时辰里
世界把山水荡漾给我看
它有多大的秘密，就打开多大的天空

这个时候，我被秘密击中
流着泪，但是守口如瓶

礼物

时间和注满时间的阳光一样，有木棉的沉香
天空的蓝是从南方来的，微风也是
一些人在不远的地方走动，怀抱能企及春天的事物

我爱着的不是它们，不是微风里荡漾的云朵
我看见一个静穆在枝头的橘子，在大寒将至的时候
谨慎而高傲

——它的皮肤多了许多皱褶（它宽容这样的谎言）
它太红了，如果这是谎言，它一样宽容
它用身体的一个局部把阳光反射出去
它皱褶里凹进去的部分折射阳光

哦，这个异乡人，它把这棵树当成了故乡
它用身体里的春天包容了海，用夏天接纳星辰
再用一个秋天赞颂了大地

而现在，它被孤独地留下，沉甸甸的
—— 仿佛爱，仿佛礼物
过于贵重，而储存于此

美好的生活是坐下来，把字打上去

不需要回头，也知道院子里的阳光
而且有鸟鸣，断断续续，如一些水滴奔跑在
阳光里
由此可以知道，天空在怎样地蓝
流云在怎样地白

如果遇上季节，院子里堆着玉米
或者晾晒着熟透的谷子
生活的丰盈推挤着我，如同大地
从内心发出的潮汐
那时候，人适时苍翠一次

而总有一个时候，我洗净双手
在这电脑面前坐下来，把字打上去
它们也许并不会说出什么
如同心里装不下的富足
争抢着跳上去

给你

一家朴素的茶馆，面前目光朴素的你皆为我喜欢
你的胡子，昨夜辗转的面色让我忧伤
我想带给你的，一路已经丢失得差不多
除了窗外凋谢的春色

遇见你以后，你不停地爱别人，一个接一个
我没有资格吃醋，只能一次次逃亡
所以一直活着，是为等你年暮
等人群散尽，等你灵魂的火焰变为灰烬

我爱你。我想抱着你
抱你在人世里被销蚀的肉体
我原谅你为了她们一次次伤害我
因为我爱你
我也有过欲望的盛年，有过身心俱裂的许多夜晚
但是我从未放逐过自己

我要我的身体和心一样干净
尽管这样，并不是为了见到你

一朵在早晨摇晃的苦瓜花

蜜蜂在秘密的时间里来过，秘密一旦勘破
一条瓜会因此埋没。欲望的实体就会抽离

我们已经多日不再说话。不再对着清晨的阳光
察看薄如蝉翼的爱和沉浮于流水的誓言

我们依然与清晨互相馈赠
让光和影互为依托

它在清晨摇晃，模仿出幸福的姿势
暗算一条瓜在什么时候从它的内心横空而出

田野沉寂
大片的风，大片的香。八月渐深

最苦的苦是无法预知的
也是，不需要防备的

何须多言

至于我们的相遇，我有多种比喻
比如大火席卷麦田
——我把所有收成抵挡给一场虚妄
此刻，一对瓷鹤审视着我：这从我身体出逃的
它们背道而驰
这异乡的夜晚，只有你的名字砸了我的脚跟
我幻想和你重逢，幻想你抱我
却不愿在你的怀抱里重塑金身
我幻想尘世里一百个男人都是你的分身
一个弃我而去
我仅有百分之一的疼
我有耐心疼一百次
直到所有的疼骄傲地站进夜晚，把月光返回半空
你看，我对这虚妄都极尽热爱
对你的爱，何须多言
此刻，窗外蛙声一片
仿佛人间又一个不会歉收之年

写给阿乐的九十岁

我从家门前的柳树上
砍下粗细适中的一截
做我的拐杖

选一个晴好的日子，去看你
穿过城市的霓虹
穿过街角的那场风
选一个风平浪静的日子，去看你
从汉江的灯塔上
走过广电大楼宽大的影子

你的腰弯下了
我正好与你齐眉

我依然走在你的身后
习惯在你的影里

把心思收收放放
唯一不同的是
偶尔之间你我的咳嗽
代替了
不知从哪里说起的话语

我叫“楚”

我大家闺秀一般等你来爱我，或者等你为我制毒
我信心满满，月满西楼时临水吹箫
我把信念，书签，写诗的小毫全部藏起来
只留一阶月色，和可有可无的细风

我叫楚，内心一直有着万千河流和大雪覆盖的火山
手里握着四季和已经破碎的物种
我的山河在千年的情感里空明着前朝光泽
小舟逆水来，号子起来，谁的哭声开始诗情画意

我叫楚，头戴凤冠，着霓裳，一舞花飞雨
我的国度在我心里是一张永远的地图
我漫不经心地等你来爱我
随手种下大豆和芝麻

我的土地在什么时候都可以生根发芽
你什么时候来都风调雨顺

雪下到黄昏，就停了

雪下到黄昏就停了，而时辰还是白的
这白时辰还将持续，如同横过来的深渊
万物肃穆。它们在雪到来之前就吐出了风声
“海底就是这个样子。”那个一动也不敢动的人这样说

“我这么白的时候，他来过
那时候他痴迷于迷路，把另外村子的女子当成我
他预感不到危险
因为这倒过来的深渊”

后来，她看见了许多细小的脚印
首先是猫的，慢于雪。然后是黄鼠狼的
哦，还有麻雀的，它们的脚印
需要仔细辨认：这些小到刚刚心碎的羞涩

——它们是怎么来的呢，哦，这些仿佛陡然

生出的秘密
在她点燃一根烟，在她往天空看的时候？
或者，它们本来就在这里了

这白时辰里，她喜欢深色的事物
首先是即将到来的夜，然后是生活
接下来是爱
最后是她自己

在秋天

1

每年这个季节，都要忠诚一阵子
我们情不得已，没有绕行的弯路
果实一定在经过双手之前经过语言
这容易让人想起爱情
想起在医院的高楼上与云朵的纠葛
色彩的汇聚里，你把白放在最前面
死亡是一枚沉重而干净的果实
我们吃下去，医治太多活着的病症
在秋天，你注定要与田野来往
仿佛在那里才能收割良心
你也会说到流水与白色的云
只有这样才能靠近命运
秋天，有太多要做的事情
所以夜晚就有了不熄灭的灯盏

2

时光，在一辆马车上燃烧。照见平原，山川，河流
如果到了深秋，就会有人扬起脸审视留在高处的事物
和泥土对应，事物有多高就会有多深
我们都是同时向着两个方向奔跑的人
如果留在空中，就是等待结果的花
在泥土里则是期待开花的果
一枚果实习惯隐匿它的忙碌，如一句蜷缩起来的经文
遇见雪的时候再缓慢打开
现在的时光它用来红，无尽地红
直到风也尖叫，然后沉默

3

秋天的月色不会多出流水之声
仰望的人多出的是心灵的季候
但是这样的月色更适合入睡，适合在梦里
把意外一个个摘出
秋天是一片圣洁的高地，阳光，月光都凸了起来

我们不过是祭品之一，把心交出去，获取永恒
祖辈是这样做的，儿孙也会这样做，这是秋天的传统
而信仰是地域性的，并不和时间产生瓜葛
在秋天
一定有事物从一个人的内心发生了改变

晚秋

流云易散。我这里的天一定与你的天空
相连
映着我倒影的流水一定与你的河流贯通
只有欢乐和哀戚归于个人
怀抱不能翻译的方言

能够盯着你看就是快乐
仿佛垂下去的果实凝视大地
现在，还不能把一颗果实的核说出来
如同神谕，如同箴言

我相信走到你面前的人是光芒的
包括我
包括我的口无遮拦和小小的嫉妒心
当然还有我易喜易愁的孩子气

与你离别的绝望也有蜜的基因
所以我愿意在与你相遇的路上奔波
并以此
耗尽我的后半生

如果万物都有与你相关的部分

它们在这深秋的黄昏里呼吸的模样
它们在水里荡漾的时辰
包括星群出现时，它们一惊的颤抖
我必将被这村庄更深地陷进去，如泥潭陷进泥塘

可是我爱极了每一片叶子边缘的光芒
如同我触摸你指尖的时候，世界递过来的眼光
这样的危险让我沉迷，让我想把这乾坤
重新颠倒，安排

而你依然是沉默的，把一个谜
交给另外的一个谜。夜色里一个人疼痛的部分
与你无法相关
如同我对这个世界不顾一切的赞美

我喜欢这黄昏

我喜欢这黄昏，喜欢空气里喑哑的香气
和若有若无的钟声，从一棵树里发出来的
从一只鸟的翅膀里
发出来
我喜欢这蓝色的，明亮的忧伤：这从云朵里缓缓
落下来的光
我喜欢我自己身体里破碎的声音，和愈合的过程
——那些悲喜交替，那些交替的过程里新生的秘密
甚至，这无望的人生，也是我爱着的

因为你在远方挥动手的样子
如同一道命令叫万物生长

只要我回来

麦子完成了收割的仪式，新的旅程就要打开
在渡口捣衣的女人，临水自照成为积习
江山无限啊，云朵在岸边飞来飞去
一个人需要一口袋杨花，一口袋粮食
就能在一支竹竿上横渡三月，去采九月的菊花

你回不回来都一样，我一直急于赶夜路
赠你明艳的人正站在清晨的露水上
我不在意你是否爱上一个心口住满蝴蝶和荷花的女子
我只是想在月黑风高的时候，点灯
让一些无依无靠的灵魂相信有人等候

我承认对一切美好心生爱慕，我承认偷盗过你的枣红马
——贫瘠生活里多么优雅的劫持
但是我不能让一粒麦子心生悔意，我们的动作需要中规中矩
才能被不能再低的生活
吝啬地给出一些小小的祝福

我羞于提及，又忍不住

像一种犯罪
这尘世上的许多人被我爱过
那些含满雨水的春天
炙烤在一次次复燃的火焰上
我不知向谁要一条路
自己已经遍种荆棘
我这个走路不稳的人
最终，身体一歪
失手焚烧了自己

你来得缓慢，你身份可疑
你要从坟墓里掘出一个活生生的人
其实更像我要从心里
找出一个崭新的疑问
而我还有足够的时间
消除它

我在不同的路上想你
许多时候，我不知道我在哪里
命运颠覆
还有一个名字让我愿意握在手心
如一个符物
能够穿过一个山头的雾霭

唉，这人世里小小的女子
自被你牵手后
身体里又一次升起明月
但是这月光照不到我
却让我疼

更多的时候
我在医院，在自己的地狱
把你雪一样的名字
含成血红
这又一次生死轮回
我找不到悬崖，跳下去

人世辽阔
我怎么找不到你
你在我心里
我怎么找不到你
我用了半辈子
我怎么找不到你

致田

如果你吸烟就好了
我会在诗歌里给你准备一个烟灰缸，一个阳台，一个花园
当然还有阳光，鸟鸣，一个没有雾霾的早晨
也给我自己准备好：你的背影
升起的烟圈，和烟灰落下的声响
嗯，我想把这静谧的时刻安排得更长久一点
这样你就不会转过头看我
我好放心地战栗，放心地落泪
我也会把这样的迷幻误以为是长久的真实

天亮了

天亮了，被子还是冷的
窗外的鸟鸣湿漉漉的，一棵香樟树里起伏的潮汐
也是冷的
天色多阴暗

春天递过来第一个刺骨的词
跟随人群往大海里走，我把绝望包裹得很紧

昨夜太黑，我行窃，偷盗
挨家挨户寻找爱我的人
——没有一个人在家，他们在爱上别人之前
不会爱上我

天亮了，危险过去了
我把这深渊横过来，把破碎拼好
把衣服穿好

可是我爱你

哦，这绿莹莹的时光，这时光里横过来的深渊
我绊倒这飞驰的光阴，遇见你。
我竖直这腐朽的肉身，遇见你
于是我确认了从你的后脑勺看过去的几根白发
确认你的口音，你语气转折的危险
我甚至确认了大地之上和你口音相同的都是我亲人
都是我亲人！

红掌在黄昏里打开。我往后退
我没有什么需要它捧住，也无被隐喻的部分
你沉默的时候，我会听到我腹腔里低沉的钟声
我们都是被神洗浴过的人
坐在你面前，是一道最庄重的神谕

沉默就够了
如果一定要一句誓言，我想说：
我爱上了这伤痕累累的人世和我们被掠夺的部分

可是，我爱你

那一刻，时光绿得响亮。空气一碰就裂
红掌想抓住的黄昏里有我想抵达的你

从你的后脑勺看过去，你的几根白发
灼疼我眼睛

—— 一个黎明正从我的心口往上升
—— 曾经的无数黑夜都值得付出真心

你的桌子上：小草，小花，小石头
我的心里：小明月

那时候火车从这个城市里经过
你说，每一节车厢里都有我们的亲人

其实不用看
我也知道这时候月亮多大，月光多稠

田野

1

这是在八月，在鄂中部，在一个名叫横店的村庄里
风，水，天空，云朵都是可以触摸的，它们从笔尖走下来
有了温度，表情，有了短暂的姓名和性别
于是它放出了布谷，喜鹊，黄鹂，八哥和成群结队的麻雀
于是它种植了水稻，大豆，芝麻，高粱
它们在清晨，在同一个光的弧度里醒来
晃动身姿，羽毛，叫声
晃动日子的富足和喜悦
这是在横店村里，被一个小女人唤醒的细节，翠绿欲滴
它们一个扇动翅膀，一群就奔跑起来
田野仿佛比昨天广袤

2

我始终相信，一个地域的开阔与一个人的心有莫大的关系
我见过在无垠的草原上，被圈养起来的牛羊和人
和栖息在篱笆上的鹰
在横店，起伏的丘陵地形如微风里的浪
屋宇如鱼，匍匐在水面上，吐出日子，吐出生老病死
和一个个连绵不绝的四季
我说不清楚，四周一天天向我合拢的感觉，我离开的一天
会不会有一棵花椒树早早地站在我头顶

3

下午，我散步的时候，一只鸟低低地悬在那里
承受天蓝的蛊惑，不停地从翅膀里掏出云朵去挡那样的蓝
而稻子抽穗了，一根一根整齐而饱满，微微晃动
我多想在这样的田边哭一哭啊

它们温柔地任凭时光把它们往九月深处带
一根稻子就能够打开关于田野所有的想象
它的沉默和高傲
忧伤和孤独
它们的隐藏里，有怀孕的老鼠，刚出壳的麻雀和野鸡
这都是田野富饶的部分

爱你，让我重临深渊

每个下午，我都在医院的一棵树下
它的每一片叶子都有好意
这一天它为我挡住了雨
我的头发湿了，脸还是热的
许多次，我把手贴在它的躯干上
又弹回
当我再一次探上去的时候
就止不住啜泣
没有人知道一个异乡女子
持久的战栗
人群来往，每一个人都带着你的消息
我不能询问
一问就错

不可共享

门楣低。一棵香樟树只露半截身子
树冠，鸟巢，天空……往前挪一步才能看到
它们的气息浓郁，被一朵云逼得紧
一块荒田里野草繁茂，野花也趁势呼啦而上
我迷恋其间的蚯蚓，麻雀蛋，刚刚会爬行的小蛇
它们把一些花当成正途，在风里交出腹部的声音
而花朵，有多少歧途
也不甘心返回
我喜欢这毫无理由的荒芜
我喜欢这荒芜里毫无节制的美
我只希望在这个屋檐下一直坐下去
而不愿和任何一个人把这样的时辰虚度

想他

他胖了一些，我的想念尽可以重一些，砸出地坑也无妨
如果他瘦了，我的呼吸就轻一些，
把打招呼的姿势改成摆摆手

我和早晨，黄昏，云霞，风声打招呼，我避开了他
我赞美一切到来的，忧心那些逝去的，我不提他

我在时光的背面用力：把月亮翻过来
把地上的落叶推到山的背面

我把我的轮回扭过来
我把硬币的一面改成有文字的纸片

感谢上苍
不知道他现在怎样，但知道他在人世上

这样就很好

春天消逝了
树枝上还有浓稠的鸟鸣
这样就很好

听不见鸟鸣
却有一个露水丰盈的早晨
这样就不坏

这个早晨不是故乡的
是在路上
这样也很好

我不知道你在哪里
但知道你在世上
我就很安心

我不知道你在和谁说话
但是知道你用的口音
仿佛我听见

人间有许多悲伤
我承担的不是全部
这样就很好

你在水面下看到的是我的脸

水草摇曳，它枯黄的样子堆积了一次次哭泣
风在水里已有刀锋，迎上去的人岂敢喊疼
你见过的水肯定有一部分在汉江里
我们必须如此同源，因为不能同生共死

我爱你！我居然清除了春天的白骨
而让杏花白得不像花样，我也不像人样了
哈，这破损的肉体又一次被割裂
我基根不牢的样子是结局中的结局

这一次，我真的挣脱了，自由地爱你
可是我依然不敢靠近你
你看，我多爱惜自己：我怕一靠近
我就是灰烬

你看，我多么固执：我一定要看着你在人世

走动的样子
哪怕已经伤痕累累
鲜血淋漓

我把左手按在左心房上

人散灯熄。这条路还看不到头
路两边树木阴森，撑住五月的毒
绕着这城转，城如佛塔
我掐死内心一只狼的悲哭
爱上一个人，在这残破的人世里
以毒攻毒
如果能哭，我就为你哭了
如果能死，我就为你死了
而我爱你，也爱得这样咬牙切齿
这深渊
我不豢养藤萝
你的灯盏也无法照出我的影子
你得画符，念咒
以永恒的虚无，压碎我

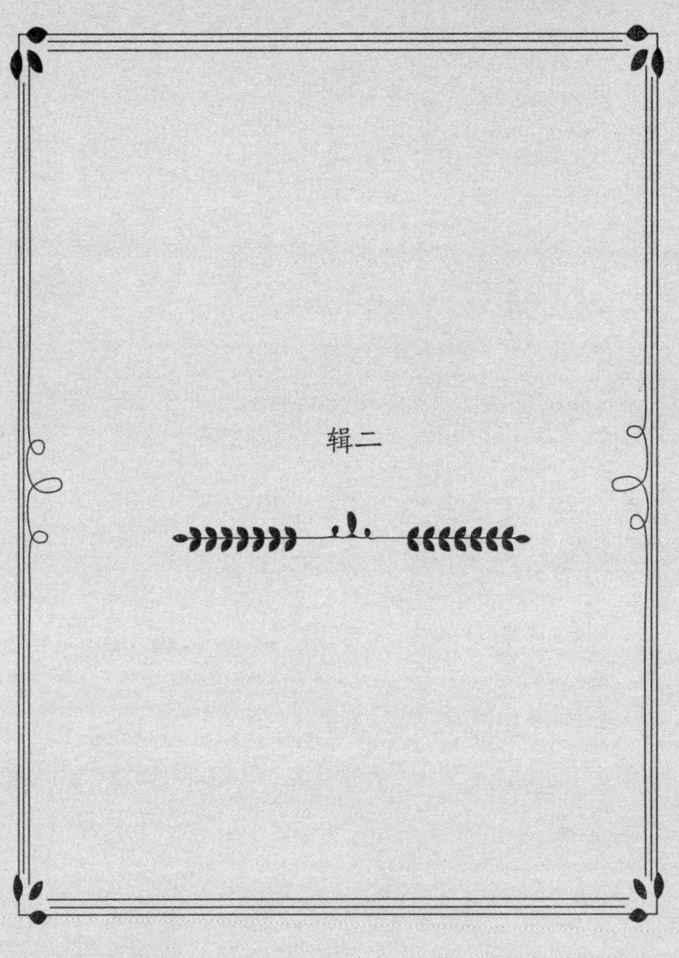

辑二

给一个诗眼让你居住

1

你说，妹妹，把我们写得唯美一些
我合拢双手，接住你唇边的那抹怜惜
江南的桂花开了，寂寞成片成片地香

给一个诗眼，让你居住
让你左手挽住菊花，右手举起杯盏
我的笔一歪，你便截住生活的暖

你所在的城市在我放飞的雁鸣上
接近月光
接近一个日子，染着家乡的惆怅

2

哥哥，我喜欢你在千里之外叫我：妹

我说我们的爱要有耐心
并不要用力

我叫你时，月亮圆了
我的月亮，水汪汪的月亮
风里的箫声荡来漾去

我听见你在远方吻我的泪滴
而且我听见了风声，和
让我温暖的谣言

3

人生苍凉，哥哥，我们不能依赖爱情
尽管我愿意焚我为火，为八月的灯盏
照亮你回家

哥哥，我把这一夜的月光
放进一只蛐蛐的身体
任你摆放

其实你想念的河流落浅了

我一声咳嗽

便有船只找不到方向

午夜电话

——给 r

海水开始升温，花朵在风里冉冉上升
你离开小镇的时候就酝酿了这一场不为人知的对话
我关上电脑，把你的每个声音都细致成我想象的温柔
你叹息，思念的露水湿了我的发梢
我是你的秀华，你的鱼儿，你的袭儿
我是你缀在人生尾巴上的一道虹

你在他乡久久失眠
你知不知道秋风浩荡，容易着凉
我想起一个词叫：风花雪月
风冷了一些，花是地里的野菊，没有雪
月就是我，圆的是我，缺的也是我

那天，你用蜂蜜兑水为我驱寒
这些日子我没有再喝酒

我要睁着眼睛看月亮的变化
圆的是我，缺的也是我
如果我还年轻，我多想做一朵野菊
在你摘取的时候，仰天大笑

我说：不早了，该睡了
其实十二点已经过了，我固执地不说：早安
你没有回答，电话没有挂
我说的声音很轻，蝴蝶和春天，月亮和白霜
都没有被我吵醒

在一棵梧桐树下避雨

我跺了跺脚上的泥巴，进了一棵梧桐树的家
原野的繁华这一刻匍匐在风里
四野空旷
我们的感情于此刻触到了——相依为命
锄头停泊在脚边
缺了的一角如同生活豁了的一个口

雨，越来越大
避雨成为一个虚无的词
在一棵梧桐树下，我淋的雨和在任何一个地方一样多

我一直做着这样的事情：
我吃饭，但是我永远饥饿，但是我不停地吃饭
我不停地说话，却无时无刻不在孤独着
我爱，却看不到爱
我活着，却分分秒秒死亡着……

此刻，能说一说思念该多么幸福
说这雨是你的泪，多少滴落在我身上
我身上就出现多少个窝
此刻装雨水，装泥土
下一刻装长虹，装你的城市，你的方言

雨，越来越大
一棵梧桐树倒塌在我的身体里

若我死去

就让灵魂分成三份
一份给钟祥，一份给土地，一份给流水

如你热爱故乡一样，我频频说到钟祥
如果钟祥还有花开
我就是蝴蝶
如果钟祥还有春天
我就是爱情

我一直希望自己身体上长出树
长出鸟巢和云朵
或者长出一棵小小的草，藏一条蚯蚓
愿我得到宽恕
在泥土里得到安宁

可是，允许我以流水的姿势抚摸远方

听一听我曾经说出的爱恋

在哪一个夜晚里得到过回应

青城山

曲廊到此，再无去路。绿色的山体里有水的呼声
这呼声落到几只野鸭身上，即落为水下的倒影
无云正好。青山，青天无需修饰词

他喜欢发髻高束的小道，喜欢他们从山顶
倒悬而下
“我们在人间找到了把倒影捡拾起来的人”

他在这山里盘桓。人群恰到好处，那些尘世里
他忘记名字的亲人
他们的身体里有竹露一般的哭声

黄昏的时候，他在雨亭点燃一支烟
突然想起一个在人间辗转，屡屡落水的女子
青城山更空了

在青城山

后来，我放弃了把故乡安放于此的心思
甚至我多舛的灵魂也没有多停留
下午的时候，游客尚多，私语明亮
一只山雀一直跟着我
对我摇晃的行走充满信任
一块石头随时准备和我相认，所以我
不敢停留到黄昏
那些发髻高束的人，与我前世为邻
他们借过我的月光，借过我的灯
所以此生有不退的黑暗
我只是惊讶，这黑暗没有契进这青山
下山的时候，我绊倒了
给这苍山结实一跪
磕掉了我一瓣魂魄

八月的火车

1

他在临窗的位置嚼口香糖，刚好经过一片荷塘
在风里泛滥的荷香他闻不到，如同埋伏在身体里的死亡
这是一个缓慢攀升的过程，但他还是
触摸到了凌空感。八月是一个巨大的弧，他坐的火车
终点，起点混为一谈
如同一个成功逃票的人，总在等待下一站
而这个夜晚并没有前一夜的月光满地，他的影子与他脱离
并独自完成一起暗杀
那时候，他往嘴里又扔了一块口香糖

2

一本过期的杂志在八月的火车上如同一个杂种
他沾了口水，一页页翻开，一场花事已经凋谢

伴随一个女人横卧的姿势
火车与铁轨的摩擦把漂浮感控制在同一个高度
进一个隧道
看见一个卖烟火的女人，她的眼神里写着
一夜贪欢
新闻里说：他乘坐的那个小站突然不见
可能与一个人丢下的烟头有关。他摸了摸口袋
想起“故人西辞黄鹤楼”

3

一整夜，火车没有遇见一个站台，他的心安全了起来
仿佛装进了风声
而文字的力在黎明的时候慢慢弱了，高潮后的疲惫
一小段人间扑面而来：屋宇，没有化的积雪，田野，坟茔……
他喝水，上厕所，听私语
感觉到铁轨在不断地生锈，把昨夜坍塌的月光碾得
吱吱作响
在洗脸以后，他做好了跳车的准备

赠诗人陈先发

桃花潭的夜色里，他喝酒，说醉话
搂住松树的胳膊又去搂柳树的
没有月亮。月光遍地

他中年的肉身圈住浩荡的秋风
他临水而立的样子
为还没有落水的人招魂哪

约好晚上去他房间聊天
我久久迟疑
怕敲开一江雪，再碰成遍野泥泞

直到看到他在早晨的阳光里走动的样子
才相信这个世界
苍老得如此有理

想念广州

她看清楚了自己是水的样子，身体就有了潮汐
雨下了许多天，花已谢尽
村庄空荡荡的，没有人进来
那些贴小广告的也不知去向，他们消失的地方
一定有灯盏

一个小小的国家在她的远方流浪，湿漉漉的
好天气都给广州了，那里的花还在开
一副不知羞耻的样子
路很远，路途上都是夜色
风把一个根基不牢的信仰吹得东倒西歪
她说：我是你的

我是你的。这就不要紧了
广州的高楼里亮着前朝的好月亮
那时候她的鞋跟多高啊，一下子踏出一个深渊
一下子就能出来

悼亚地

你说:“下完这场雨后，就开始告白”
多少年的空白里，你还爱这人间? 爱得像个嫖客?
那个女人把你吐出后，你又开始写诗
还试图掩盖字间的腥气

你给我 QQ 信息，我一惊: 你还在啊?
我以为你怎么样也该死一回
但是给你回信息的时候，我更像一个幽灵
然后我们就不再说话了

这些年，我怀抱苦楚如同怀了一条蛇
而现在我终于决定放它出来
哪怕它回头
咬死我

你呢，总有不同的女人，用不完的情

就凭这

亲爱的

你就应该回我一句：我他妈的好好的呢

致刘年

窗外四月稠。不宜和你谈人间疾病
不宜向你借一副药。怕你以魂做了药引子
怕我抵挡了远方，再病，就不能起

不宜谈湘西，谈那个想做土匪的男人
风景不复在，税赋遍地存
你免了我的租子，我负了人间，欠了你

从湘西到北京，到西藏，到沙漠，你在路上
你热爱的地方是我的祖国
你正在的地方是我故乡

相见俱欢。悲伤如蜜
你不提醒我也知道，我还欠这个春天
一个拥抱

在火车上铺

十点以后，火车上熄灯了
火车在一个斜坡上慢慢下滑，甚至我希望
我的重心更向下一点
我相信运动就是存在：火车前方是深夜
过后是黎明
而和大雪相连的就是一个春天
我不再是一个暴徒和善于背叛的人：交给你了
我尊重你每一次停靠和启动
喜欢你在两轨交错的时候发出的战栗
一些未知的含着光芒，我是翅膀振动的飞蛾
不，此刻，我停息于黑暗里
以最深的沉默和这个世界共振
命运一步步跟进，一点不需要担心
想起我踏过的火，溺过的水
下铺跌宕起伏的鼾声让我一次次微笑

一座城，一盏灯

一座城的灯光只能远望
一个身子走进去，影子太多，形同绝望
不能说出的是
还有一盏灯，于千万灯火里
让我还没望过去
就已经泪湿眼眶

在开封的红桥边

时值黄昏，红桥里面的灯亮了
水影里的桥亮了
小小的拱桥上，一对对人上下

一棵构树，小青果紧抓枝条
依然有心猿意马的几颗
失身在水里

燕子翻飞。像是故意背了红桥的光
灰翅膀里
把故乡放得那么好

微风吹来
浮动这虚设他乡的良辰
我的影子被碎在水面

总要去陌生的地方遇见陌生的人

还要遇见巨大的

空旷

我怎么能告诉你

我在这巨大的空旷里想起你

而低声哭泣

别武汉

——兼致雷平阳，沉河

刚出武昌，雪开始下。长江呜咽如诉
过京山，雪大了。长江呜咽如雷

我的怀里，古琴台的琴声和鸟鸣还是清脆的
我揣得更紧

只有这一次相聚慢慢变冷，贴在我心口处
硌得我疼

雷平阳说武汉的天空灰蒙蒙的
我是唯一看见星辰的人？

而今天，长江依旧呜咽
我如何能把这呜咽摁住？

沉金

他喊停，水温刚好。他泡茶娴熟。他穿灰色外套
他给每个人倒茶，介绍云南茶叶，用云南普通话
沉河办公室里，绿萝蔓延有声
叶片上的每一个发光都是一份惊诧
他厚唇吐出的言语，格外重
驮着基诺山
驮着一座寺庙晚钟的回声
我急切地跟随从山顶泻下的光
仿佛摩顶受戒
又如误入歧途

在一个小旅馆的黄昏里

它们在细微的摇晃里：窗外的竹，月季，慢慢暗淡的光影
它们也是：床头灯，刚烧沸的水，一个人的诗句
从飞机上下来，我还没找到地面

它们在更细微地摇晃：英文歌，咖啡的味道，一些私语
如果我放慢呼吸，我会听见更私密的事物
但是我不能。它们也会听见我

有几个夜晚，我身体里的一部分疼得厉害
一定是我在飞机上和云朵发生过冲撞
我是可以被原谅的，我爱这自由的疼痛，疼痛里的自由

后来，星子一颗颗探出来
我想起曾经在诗句里写过的一个旅馆，旅馆里的一个男子
便拉上了窗帘

在刘年办公室

他洗了一些杏放在我面前
就坐到电脑前去忙了
北京的杏大，黄得也叫人放心
我拿起一个，放回去。再拿一个，又放回去
间或传来的敲击键盘的声音和鼠标细微的声音
蒙了一层金黄
从透过窗户的阳光倾斜的模样
我判断他在北京的位置
我进来的时候就取下了眼镜
看不清他脸上的表情
这中间，他给王单单打了一个电话
说王单单写出了一首好诗
王单单的声音挺大的
中午的时候我走了
我突然想起我和他一句话没有说
还有一个杏也忘了放回去

酒盏

他手里的酒杯在她眼里是瓷性的
映在上面的春天是丝绸的，蝴蝶是一根绿色的蚕丝
绕成的
她坐在他面前是土质的，他目光飞过来
她就是瓷性的
这个过程消耗的不仅仅是一个春天
一次遇见
够得上半生准备。而这准备在他一笑的时候
却是凌乱的
好了，河流里倒映的不只是杨柳
还有一个城市飞扬的尘埃
她在他喝酒的时候也会倒过来
看他
世界的荒谬就这样被扳了过来

他说：坟头的花草里藏着鸟雀啾啾
——致小引

天高的高，他量过了。地阔的阔，他也量过
一天的时间里，一半把他往前推，另一半，把他往后拉
而夜晚，他必然会在民国的一个巷子里，沽满酒
循着未眠的鸟鸣找一块湿润的地方安身

酒易醒。长江的风在一个小酒馆里重新找到他
此刻他有多个分身：一个借肉体沉醉。一个靠魂魄清醒
他们不在一个地方，他们相距甚远
还有一个，最模糊的，被半空里的我追赶

是啊，人间的花草我们爱得不够
必将站上坟头找我们算账
而如果你还在人间，我就会指给它们一条
光明的路径

从开封到洛阳的路上

空旷虐人。没有云
从一个地方到另一个地方
我单薄的中年之躯拖坏在路上

麦地！一片接一片
一片接一片
我想放出许多个我被它们养活

可是具体到一粒麦子
如果咬下去
一定会咬碎自己远道而来的苦涩

只有麻雀
如同神放在大地上的礼物
如同大地献给神的颂歌

我不是麻雀
我只有麻雀一样的五脏六腑
和它一般大小的心脏

我只想滚落在那片田地里
抱着生活的
一声枪响

广州哦，广州

广州是一把红木的吉他，灯下轻轻拨弦的是你
一曲过半，跟着一湾泉水出来的是你
窗外的花在啪啪打开，我不知道它的名字
——反正你的名字可以代替

广州是一院子的小雨，仰头看雨的是我
万物萧条。我一动，刚刚熄灭的又升腾为火
没有飞机，没有南方葱郁的消息
我说：晚安，晚安！它们如此静谧

仿佛饱含秘密。广州是一座云中之城
已经落空的是我以为已经踩着云朵的脚
天啊，我一不小心
又要把命豁出去

广州是十年后的酒杯，月色和泪光

这些虚无之事居然又一次打动我
还让我为不能做更好的自己
急红了眼睛

我们喝着酒，误入彼此的禁区
——拥抱亲爱的何三坡

这个时候，上海的夜色是倾斜的
没有一场雨扶正灯光，没有一盏灯光扶正光明
隔壁，买醉的女子是另一朵花，一浪刚起，一浪又灭
你啊，亲爱的三坡，我的孩子
你身体里的蜜和毒都让我想尖声厉叫
我想把你磕死在黄浦江，让你重新投胎，做猫做狗不做人
但是我只是举起酒杯，轻轻说：喝！
轻率的相聚不适合轻易流泪，三坡
人生，苦难都是必然的灰烬，三坡
我们都是灰烬塑成的人形啊，三坡！
董鑫说：人生的意义是爱和自由
而爱，从来都是让我们失去自由
我们的杯子里还有半满的人生，还需要力气把它
挥霍
雨不会停了，我们各自睡去
不要说晚安，不要说晚安

异乡

枯黄的，向日葵，河流，太阳
天空也是黄的
我要在这里安身立命，安身立命啊
谁让我典当了故乡，祠堂，坟墓?
一圈又一圈
像绕着一座山，进不去
也出不来
那些匍匐的影子，包括我的
从来都捡不起
一个人浩荡的哭泣最后是粉尘
在这绝望的渺小和轻薄里
我想多死一次
多死一次啊
再死一次

在异乡的旅馆

那几个字，怕是再说不出来了
可是我想他
像在陌生的天空建起有光之墓
他什么时候老去，我就什么时候爱他
他的美好年华
应该给比我美好的人
我抢来的来不及给他
已经被掠夺一空
我爱这异乡的旅馆里放肆的战栗
我爱这狭小的空间里
无尽的空旷
我也爱这几个夜晚吐在地板上
鲜花一样的血块

“小引春风到画图”

应是山河愈合时，杜鹃花在对岸尖叫
云朵从河中央往此岸走
大地看了一眼背包的男子，漫不经心地苏醒

山河碎不碎的伪命题里
血管里的血是昨天的颜色和温度
我爱不爱你，你是大地上赤脚行走的人

呵，你着笔用力，悬不起手腕
那么多被遮蔽的部分依旧遮蔽着
我不是。我内心的你的模样是

你看啊，春风里能画出一个社稷的人
往往背不起一个女人
一个女人拽着一条河流

我们心中的许多主义，许多相聚的黄昏
不过是把已经模糊的爱恋
清晰给自己看

写给东林，兼致小引

跟着你歪歪斜斜过街，你把我的中年拉着
反方向跑
赌注都已下定。我握定了败北的信念
我们在武汉指认了一条街，指认了一个人
仿佛指认了一个故乡

和东林在阳光盛大的小餐馆里
他年轻的经脉里，我是跳起来都笨拙的一条鱼
我的问题问不出来
只觉得衰老得太慢，已有的白发
掏不出来时路上风雪预设的天意

在寻故乡的路上遇见的都是亲人
在为爱徘徊的黄昏遇见的都是情人
许多时候，我突然转过身体，巨大的黑
涌进怀抱
让我对所有的相遇充满悲哀的警惕

给阿狐

阿狐，现在的我是危险的
一场雪从我体内开始，很快铺满这个荒原
大雪的日子，我不知道那个阀门在什么地方
嗯，你是知道的，雪地上从来没有我的痕迹

阿狐，现在我又被自己还原了一次
那些回到身体上的刺还是柔软的
但它们不久就会硬起来，竖起来
（为了与你取暖，我做了许多不可思议的事情）

阿狐，我成了一个温婉贤良的女子
我以为最难做的事情就这样做到了
多么简单啊：不过把割过自己的刀子藏起来
不过把腐烂匀摊给遍地草蔓

北京一夜

小西她们去了刘年家，夜更黑了一些
几个诗人击出的火焰如一个漩涡，诱惑着我
此刻，我只想以灰烬的姿势落在她们中间

十点以后，风大了一些，我出宾馆，朝一个方向走
我不知道她们在哪里
在十字路口我停下来

霓虹，汽车，人行天桥，这些没有方言的事物
不能让我欢畅
但是我爱这在北京滋生的忧郁，最贴心脏而明亮

我能感觉到地铁每一次经过的轻颤
人们把地上的事物搬到了地下
这是我想要学习的，是我无比尊重的

哦，没有人认识我，我也不想和任何人搭讪
在北京，我想到的不是祖国
是几个在他们身上能找到祖国的女人，男人

直到她们过马路，直到拥抱她们
我觉得可以熄灭所有的灯火
平平稳稳地走回去

用一个夜晚怀念你

而你，依然在一千个隐喻里，以瓷的温润和裂痕
不知不觉，就得用“时过境迁”来整理过去了
而那么多来不及开始的，来不及开始就结束的
——这轻飘飘的人生，如果你能压住一阵风
也算无悔了

用一个夜晚怀念你，时间也是充沛的
一句话就概括了细节，光晕，疼痛，及结果
我们一定在岁月里互相赞美了：以各自眼角的皱纹
慢慢模糊的眼神

只是我会突然心痛：当一首歌轻轻响起
当月光照在月季花上，也照在我的衣襟上
当我已无所羁绊，还是只能在一首诗里打转

在酒吧

从这个角度看过去，他不会发现
那时候他们在喝酒，他还没有醉（他不容易醉）
两年了，他没有改变
他身边的人她不认识：也许是以前的
也许不是
他的声音也没有改变：他说他在鄂尔多斯的草原上
扑到过一只特别的蝴蝶，太美了
以致让他对那一刻的天空产生了怀疑

——他一说到天空，她就迷离
她在岔路镇待了两年，看了两年的天空
她准备的酒，没有为一个过路人倒出去
后来她病了一次，说话就打结
特别是说到一个字的时候
就上气不接下气

直到最后，他都没有醉

他的脸转过来的时候，她不慌不忙

她知道，他什么也没看见：她隐匿在他的生命里

再不会浮现

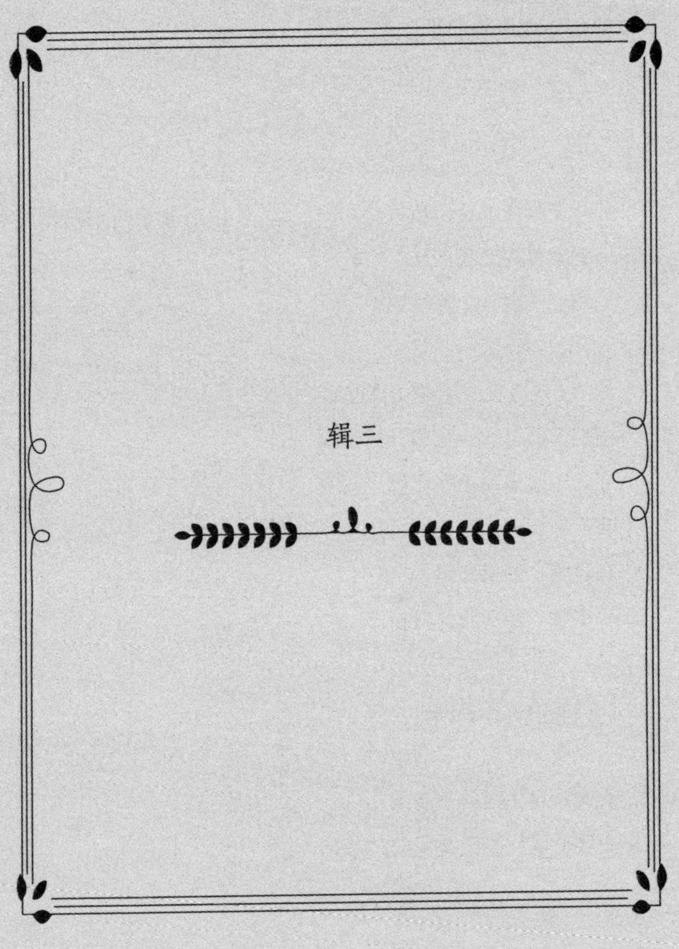

辑三

我只是死皮赖脸地活着

我只是死皮赖脸地活着
活到父母需要我搀扶
活到儿子娶一个女孩回家

生活一无是处，爱情一无是处
婚姻无药可救，身体有药难救
在一千次该死的宿命里
我死抓住一次活着的机会
在这唯一的机会里
我唱歌，转动我的舞步

我的脸消失在黑夜
天亮我又扯起笑容的旗帜
有时我是生活的一条狗
更多时候，生活是我的一条狗

坚强不是一个好词儿
两岸的哈哈镜里
它只能扁着身子走过

麦子黄了

我们举着灯盏去看一看屋后的麦地吧
我们在雨水盛大的时候去看一看麦子
去年的承诺和响声还在胃里，你走路的时候需要小心
把手电筒亮起来，我们跨过苏醒的青蛇，蟋蟀，飘忽的
花香
在雷声停下之前，看一看麦子泛黄的过程

挨着麦子坐下，一棵麦子在为我们挡雨
说吧，说你多么爱我，爱这样的雨夜和没有边界的麦田
生存的船只摸黑靠岸
我们凿开船底，饮水取暖
麦子一夜之间的变化，你把我的手捏得生疼

三叔依然流落在远方，傻妹妹已经病入膏肓
我们把她打进一颗小小的麦粒吧
然后把它放进我们的胃里，她的每一次疼痛

都会靠在我们生命最近的地方
在这之前，她会在每一次闪电里蜕下十八年的悲伤

明天的黎明会是什么样子呢
你听到麦浪的呼啸了吗

从外婆家回来的路上

我认识它们：柿子树，鹊不踏，木棉花
我认识它们：绿蚂蚱，黑蟋蟀，灰喜鹊

我眼泪汪汪地吮吸鹊不踏
柿子红了一树
和我过家家的他没有来摘
木棉花戴满了头
然而我
没有出嫁

绿蚂蚱以叶为船，不知去向
那一年我们扯断了跳绳
蟋蟀躲进了墙里，把霜叫进了月光
木棉花枯萎了
然而我还没有出嫁

柿子树上你绑的秋千
坐着青涩的童年
我从一个弧度上下来
像一颗柿子溅起一片红艳
模糊中，看不到你的脸

我认识它们：一片落叶，一片飞花
我认识它们：一声清鸣，一声叹息

它们抢走了我的清白，我的嫁妆
然而我
还没有出嫁

阿乐，你又不幸地被我想起

我不敢把我的心给你
怕我一想你，你就疼
我不能把我的眼给你
怕我一哭，你就流泪
我无法把我的命给你
因为我一死去，你也会消逝

我要了你身后的位置
当我看你时，你看不见我
我要了你夜晚的影子
当我叫你时，你就听不见
我要下了你的暮年
从现在开始酿酒

火车是在通向你的路上

到了你的城市，也不过短暂停留
而我坚持认为我坐的每一趟火车
都是在通向你的路上
连绵不断的田野，零散的屋宇
深陷在巨大的寂静里
每一柱炊烟下都有正在沸腾的火焰
它们都来自某一个女人的胸膛
胸膛有火的女人
在雾霭里寻一处深渊
在两个声音的呼应里，火车加速
我希望慢些，再慢些
再一次深入万物内部
抚摸光明，黑暗。山脊，河流
慢些，再慢些
已经用惯的爱的次序
要重新组合

慢些，再慢些

哪怕抵达你的时候已经暮年

一提及爱，身体里就响起警报

很多夜晚，我在这条街上
我喜欢这和我身体内部对称的陌生
街道边，我不认识的树
都叫合欢
它们的花谢于前一个夜晚
我来不及看见，但听见了声音
我不停地走
影子回不到身上
我被过去追赶，未来却不迎我
今夜当遇一个劫匪
他一碰，我心里就会走出一个人
这是我唯一的
掩藏不住的财富

秋雨

你走过那条街，灯火亮了
雨没有停。

我们太久不见，你从他世回来，湿漉漉的
我不知从哪里开始
才能把你完全拧干

我们赞美人世，用尽一生
我赞美你，却让这一生
拖泥带水
叶子都落在端直的路上

没有抓住风的人，心头有结
我以为肉身挡风
一定能给你留出一条
狭窄的晴朗

我还是希望

一错再错

细雨里的一棵桂花树

仔细分辨，每一朵芬芳都很细致
仿佛昏黄的灯光里，一个人凑近来的耳语
那个时候我们都在异乡：我们能合成一个故乡么
雨下得也细致
适合聆听你慢慢靠近的脚步声

只是那些急切的香味，匆匆赶路
而纠结在了一起
仿佛星群浩瀚。此刻的群山起伏是好的
群山下的河流，河流边的篝火都是好的
雨通过一棵桂花树的经脉流往荒野里的暗河

你走后的午夜，桂花树的芬芳如刃
我袒露的血肉和骨头也很窄
人间太宽
一些事物看起来孤零零的
所以一棵树能够散发香味，就要孤注一掷

荒原

你不知道在这深秋能把光阴坐得多深
一棵树的秘密不会轻易袒露给一个人
你以为从春到秋，一棵草已经袒露了所有：

喜悦，悲悯，落魄，枯萎
这些词在午夜微光摇曳，亲切友善
它们对应着一片天空，无数星群

你去过的草原和沙漠，我也去过
你喝过的葡萄酒和鸩毒，我也喝过
你流浪的时候，我也没有一个自己的家

大地宽容一个人的时候，那力量让人惧怕
这荒原八百里，也许更大
不过一个寂寥的寺庙，修行的人仍心有不轨

你身体尚好，乐意从一个荒原走到另一个荒原
你追寻最大的落日
想让自己所有的呜咽都逼回内心，退回命运

我就在这里，哪里也不去
我喜欢那些哭泣，悲伤，不堪呼啸出去
再以欢笑的声音返回

只有一种风吹着我

只有一种风吹着我。从这条狭窄的巷子
从没有了花序的槐树，枯萎的美人蕉
从青苔愈厚的石板路，一只不再热衷于捕鼠的猫
从落不到地面的阳光
只有一种风吹着我

为了抵抗这样的吹拂，我匀速衰老
我把一辈子的老都摁在胸膛，熬中药一般老着
不会再光顾我了：槐花的白，美人蕉的红
它们会继续开
它们不会光顾我了

人间慢慢退到巷子的那头，门关半扇
还有一缕风吹着我，如蛇咬着，不疼
我不再关心它是否掀开我的衣角
为曾经有过的苦难和爱
守口如瓶

告白，或一个脑瘫者的自言自语

但是，一定有人听见我说的
一定有星光窥探过我的绽开：每个人都是
世界的一个春天

从河边走过，我是怀抱云影和石头的人
我在水里的影子被风吹乱，也被风合拢

你知道的，有多少温暖的事情啊：
存在，生长。病了，复原。和富裕的秋天遇见
甚至，爱

你不知道的是：当我许多次喊出爱
但是你听不清楚
我的心里却有了更多秘密

我说：多么好啊，这就够了

我没有奢望在这个世界活得完整

而它却给了我这么多意外

桃花又要开了

姐姐，你定好了日子，只身一人回乡
一半的路走水路，一半走山路
每个清晨，你往脸上扑胭脂
疲惫和衰老都压进骨头里

姐姐，你说下辈子换个性别
但是经过的河流和山川
还要重新走一遍
何妨这人世，薄了又薄

这多难为你呀，你在异乡已经
把果实挂上了枝头
是哪一个春天说服你
重新打开

还能说什么呢，包括这诗句

在雨水到来之前

已经苍白得

摇摇欲坠

春天回来时

该来的都会来
你我在一个温暖的流域老去了
鱼群从身边流过，我们不认识，却互相知道
它们的身体折射出光芒，如同我们的过去

噢，我们的过去
春天一次次来临我们的身上
嘬出浅浅的窝，埋下的种子没有等到夏天
就被鸟雀翻了出来

但是你一次次原谅这样的意外
并当之以常态来爱
连同这个春天
包裹的悲悯

辨认

爱是一场远方独自的焚烧，是用灰烬重塑的自我
是疼到毁灭之时的一声喊叫
是喊叫之后永恒的沉寂

我以旋转的方式向你靠近，如激流上的花朵
如花朵下的漩涡
我听见时间以时间的速度下坠，撞击，轰鸣

噢，我坚持以我的方式等你辨认，也这样辨认你
半辈子耗尽，半辈子耗尽了啊
我混匿于人群，哑口无言

而爱，是你满头白发时，准确地叫出了我的名字后
比天空更深的
沉默

这沙洲，是她堆积起来的

适合寂寞。适合情如流水的人居住于此
适合芦苇枯黄的黄昏，适合打渔而归的老人默默而过
适合月光照，适合梨花落

她喜欢这里低矮的事物。喜欢鸟儿小小的身子
落下来的光芒
喜欢微风从蔚蓝的湖面上吹过来，时光渐老

她穿长长的布裙，她不施脂粉
她喜欢躲藏进桃林，从那些枝桠间摘下云朵
蓝是不能摘的

那些沙子也是温柔的，因为光阴是沉默的
这个地方是她命名的，她可以给它许多名字
或者叫：横店

误东风

衣带渐宽。也有落叶之心，随秋风飘堕
院子里，柿子树落完了叶子，也落完了果子
偶见孤雁，叫声惊心
人在千山外
重如生铁的忧愁之后，定有晨光摇曳的爱情
我无力揭穿这样的谜底，就竭力捂紧这样的谜面
如一片叶子捂着一条河
人语渐轻，鬓毛渐白
一双手是不够的，你看到的黑不能淹没我
我是堕落于地的风筝
只有影子在飞，只有影子配飞
人亦老
我们共同存在的人世因为你我而如此宽广
你会何时死去呢?
我以为生与死的距离远远小于千山万水

除了继续写，还是继续写

更深的夜晚。更长的暗道，更粗粝的后半生
更凄楚的美

能被掠夺的，一样不剩
能够侵入的，焚烧干净
但是我掏出这些方块字体，并不是虚拟的重生

只有诗歌和我互不掩饰
不会担心被谁剥夺自由和尊严
——这干净的宿命

我们面对面，沉默为深渊
我感谢这怀抱里幽蓝的火焰
在风雨里保持不熄的庄严

一朵开在深夜的苦瓜花

它不会计较：它被春天哄骗而迟到
单薄也如此了，轻狂也如此
只是它不肯相信：爱情尚在远方
还没有结出的瓜
已经预备了足够的苦涩

阳光照在院子里

他和我坐得这么近，阳光照在院子里
他从那么远的地方来，阳光照在院子里

烟灰慢慢飘下，芬芳下垂
风滑下屋檐，芬芳落地

我没有想过的告别，阳光依旧在院子里
我没有想到的远方，只有这一院子的阳光

而人间，不过一场盛大的孤独
这孤独，有时候也驮出一朵梅花

我重复了许多次的意境
又一次被搬进句式

他睡了

而月光醒着，月光里两个地名
醒着
还有两棵树：一棵松，一棵柏
也醒着
树上小片的风声，风声里不连贯的话语
话语里下滑的尾音
都醒着

甚至这辽阔的土地，一场没有下的雪
一条蜿蜒的，确凿的路
灼灼地醒着

他睡了，世界在远方均匀地呼吸
却还有这么多事物
陪着我
醒着

胃疾

1

体内的罂粟在午夜赶上了花期，迎风呼啦啦地开
一个才刚完成对自己热爱的女人，专门选择光滑的词语
还有“三九胃泰”的甜味
这是一只出走过的胃，遇见过江湖气味，也被一声哭泣
载回过唐朝
疼起来古色古香，有小文艺范儿
而罂粟的罪证不是引诱几个神气活现的冒险家
那些怀抱子弹的人走火是必然结果
潮汐已经泄漏了鱼腥味，这个女人曾以为以鱼的样子
交托给世界就是安全的

2

她开始翻滚，而火焰已经蔓延全身

压是压不住的。一定有一个罪魁祸首逍遥法外
她放弃追捕
哦，在尘世间有一只敏感的胃是多么有必要的事情
当心偷懒的时候，它会提醒：该疼了，该知道自己存在了
她摸到手机，写下：我爱你
一种凄凉上了心头——她不相信它
但是她懒得改成：我要你
她不停地翻滚，想着必须在这样的疼痛里睡去
才说得过去

3

两顿饭没吃了，这两顿饭应该捐给灾区
疼痛是可以当口粮的。她不饿，去看了看落日
多红啊
一片田野无垠衍生，有虫啃的稻子，白蚁蛀了的树木
风吹来
它们瑟瑟地响，仿佛什么也没发生

悲伤无法成诗

肿瘤医院的一块休息区树木高大
两个人才能围抱。树荫整日浓稠
鸟鸣透不下来
我面前的石桌裂了几条缝，盯着看
能把人陷进去
妈妈在不远的地方和人聊天
她的头发还在，又长又黑
这时候一只鸟掉下来，落在我面前的石桌上
它的眼神清澈得让人对人世绝望三次
它想和我交换什么
我屏住呼吸
我不敢让这人间悲伤
被它衔到树梢，带到天上

她在医院的一条路上走着

返过身来，就是更深的夜了
合欢树上的黑更稠一些
——因为过度使用高温度的形容词
就得承担重一些的闭合
在最南的一棵树下，她又一次返身
两个人从她身后走到她前面
他们半个身体重叠在一起
共同抵御春潮的侵袭
她上了路边的矮围墙
张开双臂
像一只蝴蝶，无枝可栖
心间有块垒
远一点的那棵树
她飞不过去
黑太厚了，她落不下去

和母亲散步

病了些日子，田里野草有人高了
野花也比往年开得茂盛
一棵隔年的稗子葱郁地在风里摇晃
母亲走在前面，剪短了的头发乱蓬蓬的
中午的时候我说她过于依赖医院，她就哭了
她病了以后，我从来没在她面前哭过
她说我的心肠比榆木还硬
我笑。几颗野草莓在这黄昏里亮得很
像我在几个夜里吐出的血块
我从来不相信她会这样死去
因为到现在
她的腰身比我粗
她的乳房比我大

我们在谜一样黑的夜晚里

这个夜晚，这个城市没有星子
只有一种隐秘的声音，来自远方
我们一路走来，远方穿膛而过
我们向南走，不对。向北，也不对
妈妈，你再咳嗽一声吧

病房里，她蜷缩在十一月，身子越来越薄
她的子宫也越来越小
我们都怀疑，我曾经在那里居住过
她长时间不咳嗽一声
我就怀疑我自己首先离开了人间

我伸出手
在黑暗里，我看不见它
五个指缝都凉飕飕的
仿佛可以穿过窗玻璃
抓住一把锈刀刃

下雪

屋顶都白了，我坐在房间里
手机里的一个头像更黑了
一只乌鸦跳来跳去，呜咽地飞走
桌子上的钟更黑了
时针没有被追赶，走得不像话
我掸了掸头发
头发上白色的陷阱被掩盖了
我的手指颤抖
一个头像还是那么黑
如同一个墓穴

在医院走廊上

她选了一个离人群远的椅子坐下
阳光透过玻璃洒在她的头发上
隔一会儿，她就咳嗽一阵子
阳光就碎在她的咳嗽声里
她的头发是染黑的
她的咳嗽也是黑的
我选了离她远的一个椅子，坐着
隔着许多黑头发，白头发的头
仿佛隔了很远
再选一个远一点的椅子就
隔着生死了
但是她的咳嗽提醒我
我们还恍惚在白茫茫的人间

幸福

儿子在前面，我小跑着想跟上他
但是拐弯的时候我停下了
一只虫的叫声绊住了我：一定是一只金黄
而透明的虫
多么神秘，在这小弧度起伏的夜色里
它的叫声里也有小弧度起伏的山和水
此刻，它赐我船只
指给我浩荡的水声里隐秘的路径
桃花开在那边，撑不凋的等候

突然，儿子大叫一声
我跑过去
他指着天空，张口无言
我抬头：满天星子！满天恍如初生的星子
让我一下子瘫坐在草地上

虚影

她画下一双眼睛，然后是眉
她画了一个额头，一个帽檐子
她画出一个唇，又画了一支烟
她画了一根火柴
怎么也点不燃

画下雪，就有风。画下山，就有庙
画不出路了，就没有菩萨
然而她画下他的脚，他就得不停地走

一场雪，西北白，江南也白
她轻描淡写，勾出一个小茅屋
她抱着一顶旧帽子
她不画她在哭

一次崭新的爱

夕光昏暗。透过古旧的窗棂更暗了
她面前的书，很久没有翻动过一页，书上的字
也暗了
风从窗前的树上掉下去，摔碎的声音
和一片瓦掉下屋檐的声音是一样的
和她身体里正在破碎的声音是一样的
夜色拢上来

太静了。街上没有车马，人声
没有一个碗掉在地上的声音
她的牙咬得紧紧的
想咬住这一生的荒谬，和又一次出现的
深渊

没有月光
没有叩门的声音

仿佛从来没有到来的

那些仿佛从来没有到来的，此刻也在我生命里
慢慢退去
如一场夜雨，蜿蜒进门前的河流
而香樟树上依旧有瘦骨嶙峋的黄鹂，把心衔至喉咙
向我打开

我们喝酒。我们向月亮讨来足够的寂寥
为这幽暗而慌乱的人世
兵荒马乱的年月，我承认我是罪魁祸首
我承认我始终没有勇气一颗子弹结束
这白血病般的爱情

许多夜晚，我把空酒瓶的口转向北
我以为月光落进它里面，就会反投进
向北的窗户
我以为我是被收留了的
从来不曾到来的人

在阳光下点一支蜡烛

但，还是不能把光明交出来，如同不能把爱
放进幸福
那些在阳光里扑腾的小火苗，本身就是熄灭

前些年，我写过一首诗“在阳光下点一支蜡烛”
我曾经那么矫情过
为迟迟不能到来的幸福而把自己熄灭在阳光里

如此，也可以在雨水里点一支
让雨打不到它，让它具备花的情怀
但是黑夜不会因此推迟到来

如果我对黑暗也抱着深沉的爱，像一朵花附在
深渊的峭壁上

如果有一个家
多深的黑暗也不会迷路

月光淡淡照我梳妆

可是天亮我不会出嫁
可是天亮我等不到你一句话

深居这个村庄，深居月色，关闭心头雕梁画栋
同时被月光照亮的，野草，悬挂的露水，横过土路的松鼠
深谙完美假象的人把所有卷曲拉直
她自设谜语，把钥匙丢进水塘
带着自己寻找自己的人，以肉身为坑
从过去埋到现在，谨慎是需要的，潦草也是需要的
当然，悲伤更是需要的

而月光不能为镜
我不停地梳，这单调的过程被我信任
同时被我遮蔽。白头发袒露出来，一个人就袒露出来
淡淡，如一圈月晕

——“余秀华”

如喊魂一般，在黄昏里，喊出一个名字
这不牢靠的姓氏和肉身在旷野里隐匿多深

在横店村，我具有狗的属性
对横店的方言顺从，对自己名字抵抗

如何让自己嵌进这单薄的风俗
嵌进这锈迹斑斑的姓氏。和这姓氏圈出的祖国

如呼喊一朵云
让它从天空落地为水

这为了忘记自己是谁的多此一举
被夜色掩埋得干净

如同夜色
掩埋我

在村子的小路上散步

冬天，它们都凋残了：路边的白杨，远方的田野
忍冬藤也枯萎了，一些麻雀却在那里扑腾
天空含着一场大雪，而时间还是一个谜

远方的人还在远方
他应该沿着这条路来了
他应该从我的身后拍拍我肩膀

——这样的场景太让人心碎
没有玫瑰的十二月，土灰灰的村子
我还有这样的战栗

爱
何时披星戴月
为我这狂妄附身一泣?

美玉

她陷进久长的哀伤里，不能言语
暮色浓重
她无法走回屋里，无法打开灯，无法取出美玉
对光细看

她的胃疾更重了，她把一个名字含在嘴里
以苦治疼
爱，让一个狂妄的人比死亡更沉默
她没有呜咽

她喃喃自语：迟了，迟了
这渐渐熄灭的心只适合在他的诗句里
把他走过的
抚摸一遍

秋天的早晨

阳光刚刚抵达木槿围成的院子
叶子都落完了
一只麻雀还藏在那里，颤声吟叫，声音颠簸细小光芒
我看了很久，没有看见它的藏身之处
但是听见了它扑腾翅膀的声音
微弱而真挚
一点风也没有，一些落叶湿漉漉的
昨天下午我在那里坐了那么久
没有一点痕迹
它们
把一些短暂的光芒弹得悠远而深沉
天空越来越蓝，一辆邮车会不会来
无关紧要

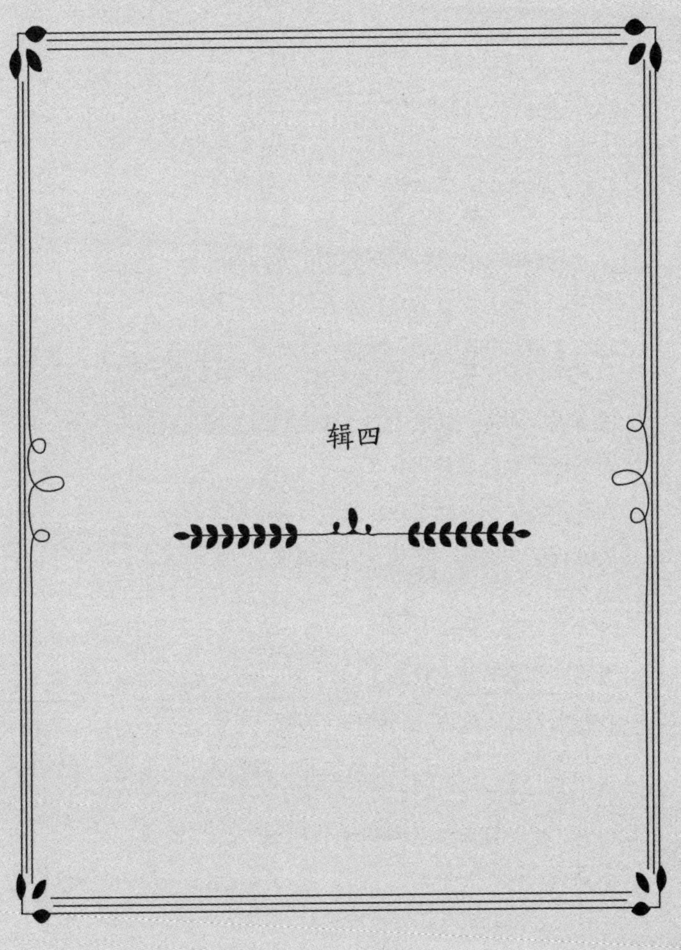

辑四

满了

哥哥，十一月六日阳光灿烂
十一月六日，女人们饱满到锤伤你的眼
哥哥，十一月六日菊花疯癫着
那么多的声音汇聚成一句话：带走我，带走我

酒香铺天盖地，红色的酒，绿色的酒，棕色的酒
哥哥你要隔着酒色解开我的纽扣
为你流淌的，我的雪，我的霞，我的桃花和血
醉的是愁，是痛，是我表情的嘶哑

月光有多远，河流有多远
哥哥，你要追赶上我老去
在我老去前一刻抱我，吻我，要我
在我破碎前一刻抽走我，鞭挞我，抵挡我

哥哥，十一月六日没有下雨
阳光灿烂得让人伤心

从这样的远到那样的远

捂紧胸口的雷声，把自己埋进泥土
我不是麦子，不是玫瑰，不是从白菜里升起的月亮
含泪交换的风俗，我要还给你
我将躲进一颗葡萄，躲过九月的秋风
闭上眼睛，你还在和一只豹子共舞

一次意外，在荒村里听到海
你举起手臂时，我来不及飞成你倾心的白鸥
沙滩的红裙旋转出一道道虹
昨天的眼泪如一颗颗沙粒
被倒出鞋底

我在江汉平原寻找能做裙子的树叶
把越来越不敢张扬的年轻装进瓷瓮
你不会再来取走
我只能长久地听雨

听梨花阵阵

日子过长，如何让田野安静下去
收拢万里月光，和一次意外的慌张
我单薄而透明的手掌
不为举起酒杯
填写诗行

紫藤花

隔着三千里风沙，举起酒杯
举起百米之上的月光，和一盏酡红的相思
那时的你刚好走过飘忽的云影
跺一跺脚，就是一地五月的英华

我一直给你我的美，不动声色等你掌心的摩擦
告诉我云影之外是不是你要的风景
要过一座木桥，在一个小巷里打个响指
在一扇亮灯的窗户里窃取胭脂

我一直惊诧于我给你的美，每一个字经过胸膛
便带上梦的羽翼
有一场雨水该有多好，我一路婆娑经过沙漠
每一朵都饱含着火

好吧，我们在落花成冢里说一说昨天

你咳嗽了一声，三千里月光摇曳
除了给你我的美
我一直，一直如此安静

雨从午后开始下
——回应，献给亚地

到这个时候，有些冷了
屋后的一块麦地注定失眠
还有布谷的叫声甩开绿色的袖子反复重复泥土的消息
如果踩着潮汐抵达花瓣飘零的月亮
我的梦呓和乡音也会在你的怀里落地生根

到这个时候，的确是冷了
直接的抒情可以温暖我吗，你冷冷的眼神被我注视
一张油画之外，涨高的河流奔出村庄
摸索进你的省份
最终陷入你田头没有融化的雪

北方是一幅水墨画，包括去年未黄的麦子
一路接近你的名字，山一程水一程
想你今夜收起诗稿，点燃炭火

我们借一壶浊酒暖身

只看五谷，不看风月

我与春天的距离

我要砍下双足，去靠近你
我要卸下双臂，再拥抱你
我要你踏在我的身体上
我要听到铁一样的回声
让雷电从我的胸膛呼啸而过
让闪电从我的左眼回到右眼

我与春天，隔着一朵花
隔着一江水，一双蝴蝶的翅膀
我与春天
隔着从苦难到苦难的三百六十五天
我与春天，也只是
隔着一个手势，一个呼喊，一句诺言

是爱与恨隔河相望
是美与丑并轨而行

那花开为谁，那雨声为谁
我一问再问
计算不出我与春天的距离

一棵茅草在风里晃动

1

八月的正见。总有事物在小小的弧度里获得佛性
这样的清晨，风和一棵草都有源可寻
如同此刻，我寻思如何
让它在一行文字里站稳，它的触角已经受到了
水的牵引
一棵茅草在风里晃动，一些光线被抛出
它们搭建的弧度，一个清晨走过去，一匹马走过去
那个小小的姑娘走过去
山水都在内心

2

一棵茅草在风里，不停地晃动。不知道一尺外多少事情
正在发生。自然以外的都被扣留下来

包括一双旧了的红凉鞋。一个女人去了井边打水
她的倒影在水里，和茅草一样晃动
在乡村，一棵茅草如同一个女人，她们晃动
但是不留意自己的美
不同的是一棵茅草不会被风埋葬，一个女人常常对
井里的水着迷

3

比如翠想在井里捞出自己的影子的时候听见了风声
她袒露胸膛，把身体里的一截草根白剔出
她和自己的影子合二为一的时候
风没有停下来，它从井口经过一棵茅草
去了旷野
她不相信母亲说的菜籽命
对于老师讲的“草民”她理解不了
只知道人死了要落到草下面

一滴松油

是一点一点聚集成的，没有人知道这个过程
夏天时候堆积得快一点，冬天就慢了，但是从未停止
如同爱，也如同遗忘。阳光好的时候
甚至可以看见它隐秘的纹理，那令人屏息的透明

又一个春天的时候，看见一只小虫在里面
也没有人知道它是如何进去的
像一个人，我没有看清楚，他就进入我心
再拔不出来

它不知道从此无法动弹，不能言语
春天一个接一个，它再不能发出惊叹
不过就听信了一个谎言：通过一颗松油能够抵达
另一个世界

一些悲伤突然而至

如一场突然而至的雨，把七月往下压
被更改的，灰尘，行驶的车辆，巨大的绿
被保持的，灰尘，不再转动的眼珠，河流

这没什么：在晴天把根往地下钻的人
在雨天没有停止
在晴天扯着自己根的人，在雨天也没有停止

这没有错。她说——
他们给我的我全部掏出了
没有给我的我也掏出

和迎接一场悲伤一样绝对
可靠
义无反顾

一场雨在身后不停下着

一场雨在身后不停下着，我弹落烟灰
这自与你分别后的恶习将一直持续
我应该还有足够的日子
如弹落灰烬一样，慢慢弹完自己

为了迅速熄灭死灰里复燃的火星
我常常从村子的一头走到另一头
总会有一些雨没有滑出我的身体
落在我往日的深渊里

我的颤抖没有以往多了
甚至，你说一场雪下在你的城市
它的光
也没有洞穿我的黑暗

总是系不住。一条黄丝巾是为去见你准备的

它还是那么明亮
仿佛已经过去的如同
没有到来

那些不能忘记的旧时光

“没有人会相信，我对你至死不渝的爱”
她喃喃自语

云朵含满雨水，那么低
她躬着身体在村子里割草，走动，祈祷
她的中年比别人瘦
——有多少疼痛不能压缩，虚光，模糊？

“他怎么会相信呢
他身体里盘踞的七月的光芒从来未散
她说爱总是轻飘飘的
这是诱惑，更是深潭”

秋天太容易到来
葡萄树的叶子一夜就落了不少
她看看这片，又看看那片
无字可写

八月

1

他的手指仍旧在琴弦上奔跑，以一颗受孕的马心
富饶之下，没有人留意一些想出轨的音符
比如葡萄，栗子，玉米
比如平原深处，胸膛饱满的谷穗
一盏灯亮的时间越来越长，在八月
黑暗的讨价还价是一件
有趣的事情
我们看见一条河流一天天明亮起来，而不依靠航灯，星辰
和一件红褂子给出的源头
那些时空里的铁骑声和号角都有被殁之态
只有一架牛车沿着河流，把女儿的胭脂从月色里驮回来
他的拇指中部，有一场必定下来的雨水

2

一个人身处大地之上，另一个跟了进来
关雎之声，水草繁茂
水草也会广结果实，一颗一颗落进土壤腹部
他终于哭声悠扬，一段仇恨被点化成火把，照见河对岸
要说这是许多言不由衷的托词，我也相信
但是时间总是以时间的名义
安排一段善良
如果有理由，我正好熄灭郢中城的一街灯火
覆盖以大地之上生生不息的粮食，花朵
和一匹马给出的旅途
我是要让火沉睡，让雪醒来
让三十次的日升月落染透人间烟火
祖国必须成为一个摸得到的名词

3

哦，也请你想象在湖北，鄂中部一个拗口的村庄里
只有大片的秧苗，它们在时间里的掠夺之势

它们在历史的峡口处
挡风的坚决
一个女人对月光的渴望，仿佛无法告白的灵魂秘密
相比于过去的一个月，她的慌张接近安详
锋利接近柔软
身体里的疾病让她接近暗香
她深谙一个种族的历史和病垢，在八月
充满锈的粗糙
但是一个人总是要出发的，不管是向着天空
还是地狱

豌豆

摘豌豆是一天里最漂亮的时辰
不说脆生生的阳光，棉麻一样的风

五月葱茏。它躲在草木里
被遗漏

它看见的一只手，每一次伸出来
一块疤都那么刺眼

她的脸上泪痕未干
昨夜，一个院子里传出灯盏破裂的声音

它本是一个警报
此刻，自我溺灭

江汉平原上
阳光把伤口照出果实的模样

白

五月持续的薄雾里，布谷鸟声嘶哑
总是有隐秘的呼唤穿山渡水
把我摁进白，茫茫的白
撞不得，扣不住的白
我把万物梦得凋零
他依然在我梦里
在梦里，我抚摸他的手全是汗
这秘密的眼泪让我愧疚
让我愧疚的是我手上的伤口
也贴在了他的肉体

今天，我太想告诉他我这个梦
告诉他，他是怎样扶正一个
总想歪斜的女人
但是我没有
我想把这团浓稠的白吞下去

让世界持续黑暗

让这份情谊如蜜一般

迅速消失于身体

一棵稗子

它终于活到了秋天，果实累累
这些细小的果实中空，如一个个谎言
谎言多了，秋天也不得不来
麻雀来，啄了几颗，不见了身影
它的身体歪一歪，重新竖好
更多的果实留在那里
像一串沉重的哀伤
一棵野草结果是一件不合时宜的事情?
它的身边也有许多这样的稗子
在这荒芜了的地里
一起分担月光的白

槐花散

槐花已散。暮色踩上裙摆
在她的肉体里画符
吃尽羊群的狼能咬住的只是
天一角
她的影子还在拉长，刀截不住
她预感到自己坠落的日子
从一个泥潭到更深的泥潭
江汉平原薄如一层裹尸布
把五谷杂粮的幌子戳在门口
槐花已无
她寄予深情的事物含满阳光
却无神谕
一个想把坟墓放进天空的人
允许她爱过的
拿刀，刺破她的子宫

橡树

甚至，不在我的后花园
不在这个秋天过长，鸦雀密集的村庄里
每个夜晚，我都会听到它汲水的声音
整个汉江都被它吸进去了。而还在流动的水源
是一个女人坚持的皈依

你见过那只鸟吗?
你见过它飞翔的姿势吗? 直到深夜
还在不停跳跃: 每一根枝条都不是它信任的
危险是其次

鸟的身体里有一颗橡树籽
后来，橡树被自己吐出的水淹没
但是它一直看得见它水里的倒影
夜晚，它也会落到地上，身体里的籽儿
会变成子弹

碎瓷

揭露了曾经的烟火，曾经一个有柿子树的庭院
甚至，有一对老人，一个看天上的月亮
一个看井里的月亮

他们年轻的时候研究过瓷碗上的花
——如果剩一碗饭，那些蓝颜色的花就变为红色

而今，几片瓷伏在茂盛的草丛里
不看白杨树，不看杨树上的黄昏，不听黄鹂的鸣叫

有什么意义呢？无非是被丢弃了的爱
懒于哭泣而一碎了之

雨

万物把自己都扩开，把喧哗还原
同时还原的，还有映照着松间明月的静谧
——这样的敏锐多让人心醉：肉体的黑暗里
有不灭的灯烛

它把自己分离，用过去撞击现在；用现在
融合未来
它想把自己区分开来：离开这样的时辰
这样的抱团

只有我知道它是徒劳的：那样的吸引
胜过了爱
而爱，是多么微不足道的一件事物
就已让我血肉模糊

这样，我们会对另外的路途心怀感激

但是我无法指给你看

我是如何抵达沉默在风里香樟树的

树冠

细腰

“不能让北风吹落。”她把玫瑰搬进屋子
玫瑰落了还会开呢，她说：多天真的植物啊
恰恰风吹进了她的身体，微弱的呜咽从腰部开始

多年来，她如一只空杯，杯口向北
这是他不知道的，一个人扭头的习惯
久治不愈

院子里会开满花，许多芳香都打开
她的影子里有许多空
她说：你看，酒是填不满的，河水也填不满

“如果一个人足够丰盈，她就会切断
一切男女贪欢”
那时候她面北坐着，歪下去的酒杯倒出郢中城
护城河的潮汐

窗口虫鸣

我认出它，在那么多的声音里，噢，这娇柔
无法抗拒

唧唧复唧唧。不管我开不开灯，它都往下继续
只能一刻不停，才能在低音里保持单薄的愿望

要叫出来
它腹腔的雪，桃花

要当告密者：起伏的声线里
有一个王国的藏宝图，和开启它的密码

——哦，这些，被它随意说出
它们永远没有它叫出的声音要紧

然后我就睡去了
星光不停地倾泻，覆盖了它，也裹住了我

桌上的一束百合花

木桌。两把小木椅。黄得透亮的光阴
香气若隐若现，被对面的空椅子收留

这无根的花儿
这没有了故乡的花。哦，这没有底气的香味
被对面的空椅子收留

越开越白了。孤注一掷的内心
在黄昏里徘徊的心。它的白
被对面的空椅子收留

想起以往，他耐心地讲述百合花的根源
仿佛有风
吹过她越来越纤细的腰身

雪声

她把从荒坡上捡来的枯枝点燃
一起点燃的，还有混迹于枯枝间的两片羽毛
一片是麻雀的，色彩昏暗（从黄昏里掉下来的羽毛）
一片是黄鹂的：还很艳丽，如垂死的呼声

它们都燃烧起来
燃烧出安魂之声：她坐在火堆边
甚至不打开任何一本书。“它们和这火光相似
可以留到明天”

那些跋涉过的昨天微不足道
明天靠近爱情，更靠近棕黄色的绝望
小风悠悠
从火堆上带走一闪而逝的小鸟，一起即落的鸣叫

怀恋

那是一个早晨，阳光触及屋檐
和屋子旁边一小片低矮的竹林
它们没有挺拔之身，杂乱无章地纠缠在一起
但是那些竖立起来的叶片翠绿翠绿的
被阳光照得轻轻战栗
“嘶——”我听见这样的一声鸣叫
颤巍巍的
如同怀揣了一辈子的爱情忍不住泄露
似呜咽
似叹息
似试探
隔了好一会儿，它又叫了一声
我找了好久也没有找到它
我一定是错过了阳光之下叶片的又一次战栗

深秋的石头

直到被我看见，它还在那里
被杂草缠绕。现在，杂草上有了一层厚霜
太阳照了许久还是没退完
麻雀落上去，又突兀地飞开
甚至那些光，不停地落上去，不停地弹开
它们是惧怕的
——这是一块从泥土里跳出来
想把自己埋进天空的石头
秋天的天空一直那么蓝
它不知道跳进那蓝里
——它不知道一块石头跳起来
像不像投进爱情一样笨拙

——多少年了，它身体幽冷
一点点爬满青苔，藤萝，也有盗墓者
磕下的阴泥

它的心也是沉重的，总是无法企及
远一点的霞光
只有一团小小的火苗
如果它仔细寻找，它一定还在那里
许多时候，它就要熄灭了
直到天空如此之蓝
直到它忘记对自己的哀叹

一只乌鸦在返回的路上

穿过黄昏，就抵达一个村庄了
它记得村口破败的祠堂，荒草丛生的祭台
和纵火犯扔在石缝里的半截蜡烛

认祖归宗是最要命的一件事情
这个不生长月亮的村庄，尚需要一场大雨
和浮出河流的冤魂

一只返回的乌鸦不再关心它的羽毛
和身后的群山
以及一个泉眼偷盗，埋没的佛语，流出的谎言

也不再关心断裂的公路
和一个守山人赤身裸体奔跑时的嚎叫

一定要一个吉时。比深井更辽阔的时辰

为此，它徘徊整夜

摁回了胸口最后的悲鸣

一棵荆棘

在它身上，要取下月光，风，露水
在阳光斜照里，保持端庄的美
它还是这么瘦，许多年了，还是这么瘦
瘦得干净，瘦出疑问
风吹过，又瘦成答案

它身边的田野可以再辽阔些
这样，它的枝桠就狭窄一些——
一棵荆棘，要更大的空间做什么呢
孤独就是自己的影子
在太阳最大的时候
重叠在自己身上

雨下着下着，就是秋天了

人走着走着，就是黄昏了
前几天的落日还在，并没有被胸膛挤压得小去
哦，连悲伤都是辉煌的，这无能为力的秋天

迁徙者用前进消融留在尘世的脚印
它们过了迦南南边的那条河，就开始计数
离天堂还远呢。四百个秋天能不能清洗积世的罪过

异邦人的村庄，野草凄凄
她爱这些不被天国听取的声音：自然躲在内心
免了一劫

落叶和云朵是一样的
它的正面压着反面，反面又压了正面
阴阳交错

——秋天本应承担这辽阔。这狭窄的

淹死许多人的

辽阔

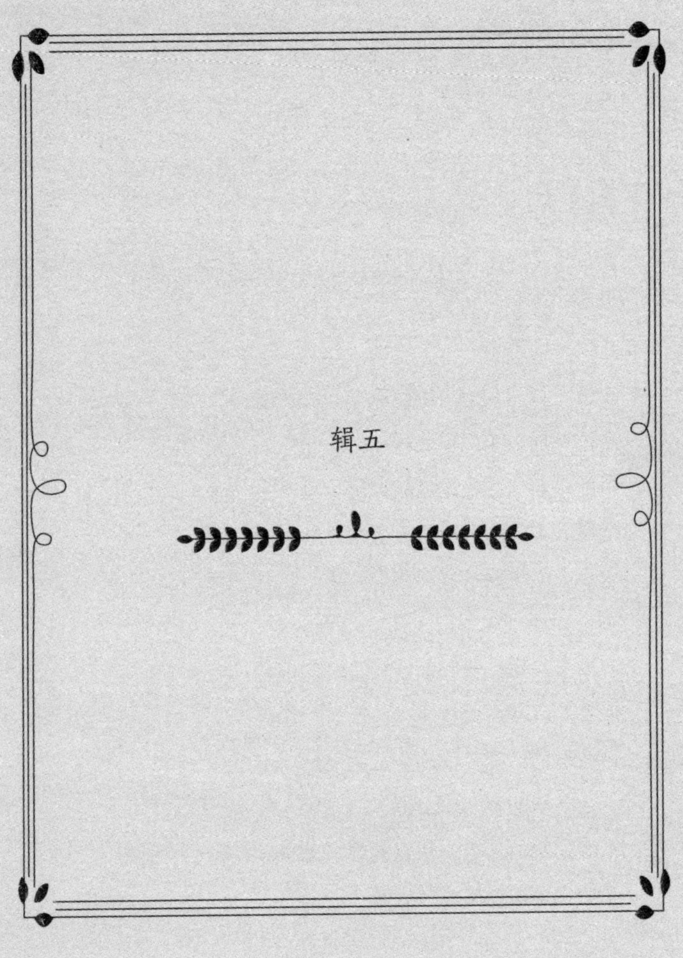

辑五

我这一生

我请求模仿一只蟋蟀
在九月，在即将的枯黄里
完成安排好了的旅行

我是一只与其他的蟋蟀毫无两样的蟋蟀
身体一样，叫声也一样
喝的露水一样，求爱的方式也差不多
没有人把我的歌声当成哭声
也没有人把我的哭声当成歌声

我不会告诉谁我咬断一棵青草的声音
以及对我牙齿的损害
这些不值一提，说出来让人笑话
其他类似的也不值一提
一颗露水的光芒，和它的第二个早晨，和它的消瘦
一块土坷垃的形成、破碎

一只绿头苍蝇的交配方式，及死亡
这些全都不值一提

而且多么可笑，我还把自己这一生说得多么与众不同
只不过我到过的地方没人再到过
只不过我说的话没人听明白（因为口齿不清）
后来的后来，再后来
我发现我与世人雷同的一生，毫无新意
失恋时自杀未遂，后来搞起婚外恋
说好情人死了就殉情
结果多活了许多年

我请求，下辈子做一回人
反正做什么都差不多

这样的黄昏

这样的落日里
我是多么容易想到爱情，想到许多年来
你给出的只言片语
我的心会旋起隐秘的风声
而孤独，有着拒绝被描绘的辉煌

其实，我是不是你前世丢失的
那一只踩着了枪尖的狐狸不再重要
既有今生
就会有灵魂的分开旅行
就会有一个人跳舞的长夜，星光高远

这样的黄昏，宜借菊把酒
饮你的远，饮你制造的风雨
荒草一节节枯黄下去
结草为庐
点一盏灯光，照一段瘦弱的路

未未然

我给你的，是一湖莫愁，是秋上明月
是长风滑过平原，以马之兰蹄
溅着我的忧伤
我给你的，是王府道上的夕阳
钟声斜过魂魄，斜过我布满水声的梦境

我给你的是不要承诺的承诺
岁月在孤注一掷中泛黄
一个人消失在小巷子，雨未然，风未然
我给你的在十一楼上，不会下落
用上唇试你爱世界几分
用下唇咬住你的冷漠，疾病和饥荒

我如此爱你，爱到你死去才肯和你统一
我的心仗着你的名字四处张扬
狐狸住进来，狼住进来

云朵一直在十一楼的窗口

我给你的是一架天梯，要你摘星辰

却不能摘到我

写给海子

我爱你多年了，爱到了一种相互对峙
你多像一个蛮横的孩子，停留在二十五岁的春天里
看我华发暗生，眼镜框里落满鄙夷
我承认被你掠夺过的世界，我什么也没有得到过
而在尘世的许多日子你都看不起的
当然，一个活人对死人的爱也会被看不起

我拒绝从你的诗句里摄取盐，海水，月亮和村庄
也不会向你要一个春天
我愿意把这些重复给你一次，让你重复疼一次
你会从坟墓里捧出土，掩埋诗句里的水
胸口上的火

作为对你的报复，我要你裸露身体面对我
让我洗你身上的疤痕，暗疮，和经年的梦呓
如果有风，如果你冷
就点燃你的诗集，片刻取暖

如何感谢这样的相遇

如果实返回枝头，清白回到月光
水里的倒影还给了万物，我还给了你

是短暂的命运里低沉的呼啸
是持久的呼啸里谜一样的静谧

人世辽阔
怕我能给的不及某一个春天的千万分之一

人生辽阔
我想要的是你能给的千万分之一

也许命运不够泥泞
让我想抓住这闪电，放开我自己

你告诉我你在哪条路上

你告诉我你在哪条路上
说大雁飞过的天空有一些荒凉
说一个女人把一件红衣裳洗掉在江面上
一些柿子树挂着红透的果实
孤零零地走得没有方向

你问我在哪条路上
我说每一条路都是在回家，只要你在世上
我没有说每一个夜晚我莫名忧伤
想抓住什么
却不知向谁伸出手掌

你告诉我你在哪一条路上
就是告诉我你在这世上
于是相遇不用着急
哪怕野草枯黄，人情沧桑

下午的兰花持续在开

不管了！反正这样的白抵挡不了那样的白
最大的雪也抵达不了春天
反正一个女人的血举不成火焰
反正有没有火焰最后都是灰烬

我要和你在无常的人世里庸俗地相爱
对坐饮茶，相拥而眠
为你一个不及时的电话伤心欲绝
如果送我一个小礼物，就欣喜若狂

我们的家很小。而你的国度辽阔
我给你马匹，给你月光，给你风一样的自由
你跑多远都不要紧
我就在这里

我就在这里。读书，写字，谜一样地伤悲

如果还有时间，就剔我身上的肮脏和残疾

这些不能告诉你

也不必告诉你

哥哥，哥哥

爱你的时候，我不是余秀华，不是
想你的时候，我不在横店村，不在

她举止端庄，她口齿清晰，她还有明天
哥哥，她不是我

她有高跟鞋，她擅长舞蹈，她的脚不会踩着你
哥哥，她不是我

她乖巧，她明白人情，她的灵魂清白
哥哥，她不是我

她不是我啊
爱你的时候，我是谁

爱你的时候
我用完人间，坏事做绝

找一个性感的男人共度余生

清晨，他是要去屋后的园子走走的
偶尔他会回过头来
看看晨光落满的窗子和里面的人
但是他更钟情一只小小的黄雀
它翅膀上细细的伤口他也看得到
他去菜园里摘两个西红柿
洗干净做成汤
他们一起吃
吃得很慢
偶尔说一两句，说过就忘记了
偶尔他把她嘴角的饭粒
擦下来
他的眼睛那么亮
仿佛天空倒映下来的湖水

北京城的夜色

此刻，他和我在同一座城，守同一个夜，甚至读同一首诗
灯火浓稠
只有一颗星，被我们争抢往胸口塞

灯火把我们遮蔽：他本是狼，我本是月
我们怀抱孤独，怀抱海水般的眼泪
流浪在尘世

但是暗夜里，还有让人依靠的称呼
他喊姐姐
我喊着他

他醉去，就把北京认作故乡
他有故乡
我就有亲人

更大的雪落下来

这无法调和的灰，在春天的头上
许多消息扑了过来：鲜血和鲜花
赞美和损毁
这世界要她说一句话，但是她开不了口
雪不停下，在不通船只的小岛上
到处可以走，却没有一条路
随处可以睡，但没有一间房
她的孤独和慈悲都是白色
乌鸦落不进来
驱赶和被驱赶让她没有停下的地方
她的泪流干了
流血
但是没有一个日子能够让她牺牲
想起在梦里拥抱过的人
更大的雪落下来

一场大雪覆盖了沉睡着的我

路有多少，中断就有多少。此刻我沉睡
更多的事物醒着：
火车依旧按时间表开进一个站台，再开出去
一束光打到一个活的人，也打到了一个死的人
在废墟上搭建花园是一件很重要的事情：
心思被花去太多了
有人摔下来，有人逃逸
他们不停地忙碌，在一座城上建起另一座城
当然，一个坟墓上也可以建起另一个坟

覆盖我的大雪是白色的，落在雪上的乌鸦是黑的
——这无关紧要
要紧的是我沉睡着，越来越多的事物醒过来
它们一刻不停：呈现，绚烂，腐朽
它们一刻不停向我包围
等我醒过来，不得不惊呼：哦，满目疮痍

一个人正往这里赶

1

一说到秋天，就有隐秘的忧伤从万事万物里涌起
从第一场雨，第一朵花，第一个伤口，我们好不容易
秋天适合安放陈旧的身体，适合把多年的胃疾放在酒炉
上
慢慢温
俗事依然在身体里进进出出，抚摸的手沾以流水之冷
该来的都已经来过了，我点起灯，戴上眼镜
慢慢拨手指上的一根刺
引起我咳嗽的微风，我不知道它的方向

2

静坐到秋深，我还是想找到这次胃病的起因
一个人正往这里赶

一个走失了许多年的人摸清了河流的方向
哦，是的，身体里下一场雨，河水就会上涨
黑匣子浮在河中央，匕首和火焰在猜测的部分
发光
他说，你一动不动，我无非多了一个迂回
你面容苍老，我不过认定了一个信仰

3

我们都是活在车祸，泥石流，瘟疫之间的残疾人
活着活着，就淡忘了爱情
开始我分明听到了脚步掠过夕阳的匆忙
“除了爱，我们一无所有。有了爱，我们一无所有”
那个头戴面纱的人让我把一面镜子擦干净
而镜子里的悲哀的皱纹
让我幸福地信任

降温

“一定得把这事给做了！”我是需要勇气的孩子
四十年扶着扶着自己的影子就会松手

加了一件衣服，喜鹊就飞来了
大雪和祸事都在它的腹部。我无法辨别
哪一只是从未离开过村庄的

“我要起诉他，起诉他的暴力，冷暴力”
一个死了四十年的人居然不能为自己做成一件事情
那些枯了的草很快就会绿起来
憋了很久的驴一定得尿出去

这之前，它围绕一个石磨打转
白天转着咒语，夜晚转着善良
一只驴被剁成多少块也会起死回生
风吹动树叶的样子
它一想起就打喷嚏

想和你去喝杯咖啡

想和你，一起走过几棵大樟树
走过树下斑驳的阳光，走过想把自己的病情捂住
却总是捂不住的人群
想和你一起走出医院，丢下人间疾病
丢下我做不了替罪羊的焦虑
想和你，再往前走走
街道的拐角，我想和你喝一杯咖啡
想看你抽烟
只有你烟圈消失的样子才是消失
只有看着你而不敢说爱的悲伤
才是悲伤
但是这就是我的好时光
为这一杯苦味终会转化为甜蜜
为赴死无憾的静谧
这些，都是无关紧要的
重要的是，你离开我回头
这所医院依旧收留我

他在台阶上弹吉他

他在台阶上弹吉他。木质阶梯
从窗外投进来的樟树影在不停摇晃，仿佛和声
他的歌声里云朵往下落，云雀儿也往下落
碎了的，都叫尘世
迷进去。他看不见的角落有人自酿深渊
把合欢花全部揪下来，手心渗血
可是，她的身体里有雷霆，有雨水形成的洪流
有刚刚开始奔跑就陷进泥潭的天鹅
有一滴泪，没有形成
就化成灰烬
但是光阴如此缓慢，白头遥遥无期
他不停地弹
她终于找到几个错乱的音符
悄然离开
他还在不停地弹

月牙

遇见你的时候，有圆月起自肉身
把万物照出声响
我一再躲闪，还是有银色的光斑
灼伤我的眼睛
我们在月光的追赶下碰到一起
又在同样的追赶里
匆匆起身
多么凌乱，除了匆匆吻你
两叶唇
扣合成一个圆了么
我只感觉这圆中间的空洞里
有风声凛冽

虚妄

天还不亮
天亮了，你也看不到我看到的
清晨的模样
窗外薄雾流淌
流淌的薄雾里合欢炸响
你在远方。梦在更远的地方
只有你的名字这么近
但是我抓不住
唉，这一丛小火苗已把我
烧出严重内伤
合欢扑扑落下
扑扑往下落
早晨已有光
而没有你在的早晨
都是虚妄

我的每一步都在通往你的路上

去镇上取信。天色阴沉
盛极一时的野菊花在西风里摇晃，坠落
来往的人群灰暗
我突然想起你。仿佛突然离开了人群
突然恐惧
风不停地吹过田野。吹着适时的枯黄
一些人就那么老了
满脸斑纹，被生活蹂躏的模样
我想起我们第一次见面和最近一次见面
觉得生活有别于他们
这让人愉快
我把没有到来的信件捏得很紧
不能让风吹着
我给你回信的第一句一定是：
我回赠于你的不过是生活给我的最小
一部分

田老师，我想你

像一个瓷瓶一点点脱胎于泥
像这瓷瓶里漏下的幽暗的光
像这个过程里被隐匿的语言
像这语言里无法确定的暗河

从浩大的秋境里返回，而国家玫瑰已谢
从破损的肉体里折出，眼睛里百合已碎
四十年的灰烬重塑的人五脏疼痛不已
我交出的幻影从天空以雷霆的样子返回

雨打秋叶，如今爱已蒙灰
雨打窗棂，只能相思成灰
雨把一条路打碎
把一条路上所有的黄昏打碎

田老师，我想和你说个事情

火车上，一个小男孩叽叽喳喳
不时唱几句歌
漂亮的孩子，眼睛清澈得让我
原谅了这个世界
病了的妈妈在另外一节车厢
我给她发短信：妈妈，我看见了一个漂亮的孩子
妈妈不会看短信。但是我又发了一个：
妈妈，我也想要一个孩子
田老师，他的妈妈很漂亮
黄头发又软又长
眉画得也很长
我想我也要把头发留长
下车的时候，那个小男孩转过身体
他没有左耳
田老师，这个时候我突然想起你
突然泪流满面

你坐的飞机经过我村庄的天空

细雨里，它们重新复活：忍冬花，小月季
落在池塘的星光
遍地野草和一只翅膀单薄的米粒一样的蝴蝶
色彩艳丽的明天已经落在了竹林那边

战栗开始。我心里的山水上涨了一寸，那些隐秘的呼吸
它们在被人间洗劫一空以后
重新得到月色的安慰

我在院子里走来走去。冬天里的事物心怀春风
是一件可耻的事情
把一个瓷瓶上的裂痕缝补成花纹也是一件可耻的事情

你也是擦肩而过的其中之一

那个女人，突然停住
慢慢弯下腰，在这陌生的街头
人群川流
她的肩被碰了许多次
风吹过，刚好掩盖了她的颤抖

她终于蹲下去了
抱住双膝
白裙子拖在地上，灰尘落得快
这个被漂泊惯坏的女人
因为爱着一个人，忍不住
哭泣

你说爱，我就悲伤

像夜陷进夜，像句号圈住句号
像两个问号，同时躬下身体

村庄里植物有序
我们却在尘世里胡乱行走

你一说爱
那些假寐的悲伤重新回到身上

从这个坡走到那个坡
夕阳只留了一小半

而我们，用一小半的生命相爱
也是多么奢侈的事情

秋露重

抱膝在午夜，抱残月亮和秋风
我在所有事物的缺口里，抱着与你的遇见

我总是这么狭隘
你一说到凋零在风里的果，我就流泪

我总是这么狭隘
你的怀疑让我怀疑我早生了许多年

秋天辽阔，月色八千里
那些盲目的灿烂还是过于凶残

假设……

这一切都是可疑的：
这窃取了鸟鸣的清晨，误了花香的黄昏
给星光指出方向的河流
果实在枝头摇曳，它们是可疑的
可疑的还有一个经过村庄的女人，她的红褂子里
红透却没有人摘到的秘密
可疑的是我们走了这么久，还没有遇见

只有你走过的路值得重新走一遍
如果我能够和你并肩
只有砸过你脚的石头才可以砸在我头上
只有你转过的山超过了地平线
只有你叩拜过的神灵
才配保佑我

只有你存在过的地方才是人间

只有爱你的时候

我是女人

我们相距五百里

黑夜先两秒进入我的村庄
风进入得还要早一些。一棵树缩起身子
更早一些

你过一条马路过得快一些
你约几个女孩子喝酒，她们答应得急一些
你装醉，装得早了一些

——这些是可以原谅的，因为
你的白天长一些
比你白天更长的，是我的夜

不可原谅的是酒在你嘴里我却醉了
醉了的我比清醒的时候
更懂得忍住哭泣

对话

他在篱笆边，一声咳嗽，火苗般挂在牵牛花藤上
春天在荒原那头，与她隔着一个招呼

真的，不知道他怎么到这里的，一场雨水还挂在
马车上。如果是坐火车
却看不到经过隧道时他脸上的夜色

她搅动勺子，玻璃杯被碰响了一下
没有谁听见，除了她

他又咳嗽了一声，拨动了一下火苗
春天在荒原那头，与她隔着一个手势

一只黄鹂在女贞树上，呼唤一朵云落下来
他不知道她是个哑巴
把春天裹进心里了，就不会说出来

淬火

什么都有了，这深不见底的夜
什么都有了：崭新的时辰，崭新的我们
我们的肉体和对话都是
深渊

旷野湿润。我让海潮往下退
你跑得越远我就越丰盈。我所敞开的
必然有新的遮蔽

你的牙齿要更尖利
咬住风口，咬住我。我要疼
不然我不会哭

如果我不会哭
一切又会重新开始

相约春光

我不相信，除了你，还有照亮我的事物
我也不信：没有你，我就一直灰暗

但是这被惯用了的春天，摘一个给你
也无关紧要
你在这个春天美丽一场也无关紧要

我只相信，我们有一种力能碾碎
在风里颠簸的花朵
如果你说这是一种爱一种情谊
我也是闭上眼睛去听风声

其实也无妨：如同想选择一块好的地方
死去
我们选择在这样的春天里相遇
我甚至知道你会在某一个时刻

占枝为果

嗯，在最短暂的时辰里约见

许多细枝末节都被略去。你告诉我

你在

仿佛就把一个春天还给了我

我抱着一个落日

就如同抱住了一个圆满

雷霆

秋风深入五脏六腑，她咬紧牙关
疼痛一直持续，而不屑再透露出来
“能持续多久呢？不负这杨花与流水
他的牙齿有溶洞啊，腾出幽暗之所给我居住”

总是无言以对。总是言不由衷
秋风的病灶加重，它经过的万事万物
让这最后一爱也轻飘飘的
让她提心吊胆

有时候他轻声地自语：我起床了，晨露从蔷薇上滴下
阳光从他的城市刚刚经过她的村庄
她说：他在这尘世与我共存
让我用一生爱这世界都不够

何况，还有那么白的月光

这一天

风从田野里捎来清晨，捎来苹果的味道
如此透亮的日子，当赠一壶忧伤
淡淡热气浮悬，苦而不至于刺喉

这一天因为预备过久而大而厚
如同我处在的江汉平原
连落日也大过其他地方

可是，仪式又过于简单：
我的手陷在你手里
你此刻的衰老，疲惫，陷在我眼里

时间消逝的过程如此神奇
当我看不见你的脚的时候
想突然抱住你

—— 你必须允许我犯罪

我把前半生和以后的光亮

都聚集在了这一天

如何过得今宵去

但是半辈子就过去了，今宵也会过去
芭蕉把叶子蜷曲起来，等候一场雨
雨落在凉州
落在一个醉鬼的脊背上
但是他没有听见雨的声音

哦，这让人耻辱的悲伤
让人耻辱的眷念都是流水
在我的背后是凉的，在乳房上也是凉的
想贱买一点幸福的念头一闪而过
仿佛凉州
一辆异乡的车打出的灯光

《圣经》打开于风口，耶稣说：那人是尘
现归于尘
可是我忍一世破碎

不过是想在与你撞见的时候
让你迷惑：哪是你，哪是我
我捏紧自己

暧昧

他在阳台吸烟。她迟疑了一会儿，打开了灯
他没有听见开灯的声音，也不管夜色凶猛地落
她希望他的烟灰落在他的胡子上
但是一次也没有

哀戚是可以忽略的。她削那蔫了皮的苹果
他轻轻换了一个坐姿，跟着晃动了一下的
是他身体左边的夜色，右边的灯光
她的苹果皮也断了一截

喜欢笑春风的男人如今望着天空出神
他腐朽的味道
嗯，她自言自语：这是我应得的
再不会转交出去的

静

和以往一样，你穿过那条街
就有江风从衣角企及腹部
夕光落在你的后背上
慢慢弯曲
有些话没有说就白了
你怎么也藏不住
秋天了。你的喃喃自语和身影消逝于人群
我的担心一直跟随你敲开一扇门
在你换下的鞋子里安定
你接过她递过来的热茶，温柔一笑
哦，亲爱的，我知道多深的爱
也不能惊动这样的黄昏

代后记：我爱这哭不出来的浪漫

1

借严明的这个书名，在这段时间少有的安静夜晚里，敲几个字，芬芳自己。院子无月色，月在我心；月季无花朵，花在我心；我爱这幽寂的，清愁暗锁的夜晚。如同从一个热闹的场合里出来，回家的路上是大块的青石板，一些玲珑的屋角翘起古色古香，茶花怒放，猫步轻盈。

大地依旧宽容地收留着我，让我放纵，让我安静；给我沉迷，给我清醒。横店浓郁的气息在我骨骼里穿梭，油菜花浩浩荡荡地开着，春天吐出一群群蜜蜂。

2

有人自远方来，叩我柴扉，许我桃花。我无法知道我和命运有怎样的约定，我唯一能做的是顺其自然。顺其自然地活，某一天也是顺其自然地死。骨葬大风，无需祭奠。而现在，我在一个梦境里。人生是一个梦境套着另一个梦境，大梦如真。

真实的是和刘年 QQ 里的只言片语。我戏称他刘教授。他叫我小鱼老师。我似乎看见他嘴巴蠕动了几次(气流从齿缝间穿过，卷舌音不那么顺滑)，然后是他那疑似八字胡蠕动的样子。有一次他说：你现在说话比我清楚啊。我大笑。

3

人都有自己的一个角色，有人喜欢把自己看成导演，我从来没有这样的野心。我一直尽力配合命运，演好自己的这个丑角，哭笑尽兴。该活着的时候活着，该死的时候去死，没有顾忌。只是现在，命运的错位里，聚光灯打在了我身上，我能如何？我本来就是这个角色，本真即为表演。

一直有人问：你现在成名了，生活有什么改变？天，让我怎么回答？生活是什么，是一个接一个的细节。我参加的那些活动、节目怎么能叫生活？我虽然不会对这美意警惕，但是的确无理由欣喜若狂。我爱这浪漫，这哭不出来的浪漫。

我心孤独，一如从前。

4

这一场变革里，“恩人”多了，“朋友”多了。而我身上的光芒如此小，不够任何人来匀摊。好几个论坛都说我是从他们论坛走出去的，其实我上好多论坛，我根本不知道我是从哪里走出去的。一些人称自己是“恩师”，也不知道人家文能为师，还是德能为师?

我在想，为什么会这样? 想不明白，不过是看透虚无，让自己活得更无畏。

人生如戏。本真就是一个角色，你再多表情和台词，真的，不划算。

带假面具入土，你会后悔吗?

5

去北京，总感觉是回家，诗刊在那里，刘年在那里，出版社在那里，杨晓燕在，范俭在，董路，天琴……这些名字让我心疼，让我短暂依偎，虽然无法预计以后的事情，但是此刻，我想他们了。

人生是一次次遇见又别离的过程。谢谢苍天。

武汉，成都，昆明，我都遇见过我的亲人。

6

我不知道上天为何厚待于我，我如何有被如此礼遇的资本？我没有。我只是耐心地活着，不健康，不快乐。唯一的好处，不虚伪。

有时候非常累，但是说不出累从何来。有时候很倦怠，又提醒自己再坚持一下。

其实，此刻若死，无憾。

7

灵魂何处放？

这个倒霉的问题多么矫情，但是我的确不知道。我说：人生是一场修行。

难道修行没有欲望？去掉欲望的本身又是新的欲望啊。

我修行不为世俗名，我修行不为好婚姻，我有何值得？

我求心安（写到这里，突然云开月出）。

8

于是想到诗歌的功效。

许多人说我的诗歌是个人抒情，不关心国家社会。亲爱的，关心是要实际付出的，我们不能在一个高大上的话题上粉饰自己。比如灾难，诗歌有什么用？比如腐败，诗歌有什么用？

诗歌一无是处啊。

但是，诗歌通向灵魂。灵魂只能被自己了解，诗歌不写自己能写谁？

图书在版编目（CIP）数据

我们爱过又忘记 / 余秀华著 .-- 北京：北京十月文艺出版社，2020.4（2024.7 重印）

ISBN 978-7-5302-2032-0

Ⅰ．①我… Ⅱ．①余… Ⅲ．①诗集－中国－当代 Ⅳ．①I227

中国版本图书馆 CIP 数据核字（2020）第 014079 号

我们爱过又忘记
WOMEN AIGUO YOU WANGJI
余秀华 著

出　　版　北京出版集团公司
　　　　　北京十月文艺出版社
地　　址　北京北三环中路 6 号
邮　　编　100120
网　　址　www.bph.com.cn
发　　行　新经典发行有限公司
　　　　　电话（010）68423599
经　　销　新华书店
印　　刷　山东韵杰文化科技有限公司
版　　次　2020 年 4 月第 1 版
印　　次　2024 年 7 月第 14 次印刷
开　　本　787 毫米 ×1092 毫米　1/32
印　　张　8
字　　数　60 千字
插　　图　8幅
书　　号　ISBN 978-7-5302-2032-0
定　　价　58.00 元
质量监督电话　010-58572393
如有印装质量问题，由本社负责调换